ISBN 978-1-334-95472-6
PIBN 10618436

This book is a reproduction of an important historical work. Forgotten Books uses
state-of-the-art technology to digitally reconstruct the work, preserving the original format
whilst repairing imperfections present in the aged copy. In rare cases, an imperfection in
the original, such as a blemish or missing page, may be replicated in our edition. We do,
however, repair the vast majority of imperfections successfully; any imperfections that
remain are intentionally left to preserve the state of such historical works.

English
Français
Deutsche
Italiano
Español
Português

www.forgottenbooks.com

Mythology Photography **Fiction**
Fishing Christianity **Art** Cooking
Essays Buddhism Freemasonry
Medicine **Biology** Music **Ancient**
Egypt Evolution Carpentry Physics
Dance Geology **Mathematics** Fitness
Shakespeare **Folklore** Yoga Marketing
Confidence Immortality Biographies
Poetry **Psychology** Witchcraft
Electronics Chemistry History **Law**
Accounting **Philosophy** Anthropology
Alchemy Drama Quantum Mechanics
Atheism Sexual Health **Ancient History**
Entrepreneurship Languages Sport
Paleontology Needlework Islam
Metaphysics Investment Archaeology
Parenting Statistics Criminology
Motivational

LOS ENREDOS
DE UN LUGAR,

O HISTORIA

DE LOS PRODIGIOS, Y HAZAÑAS

DEL CELEBRE ABOGADO DE CONCHUELA

EL LICENCIADO TARUGO,

DEL FAMOSO ESCRIBANO CARRALES

y de otros personages del mismo Pueblo
antes de haberse despoblado.

TOMO II.

SATIRA CONTRA VARIOS AFECTOS DEL HOMBRE
*destruidores de la Justicia en el Juez malo; y tambien
contra los que la alteran à veces aun en el bueno.*

SU AUTOR

D. *FERNANDO GUTIERREZ DE VEGAS,* ABOGADO
de los Reales Consejos.

233734
12. 6. 29.

MADRID : MDCCLXXIX.

En la Imprenta y Libreria de Don
Manuel Martin, Calle de la Cruz,
donde se hallará.

Con las Licencias necesarias.

*Plura enim multo homines judicant,
odio, aut amore, aut cupiditate, aut
iracundia, aut dolore, aut lætitia,
aut spe, aut timore, aut errore, aut
aliqua permotione mentis, quam veri-
tate, aut præscripto, aut juris norma
aliqua, aut judicii formula aut legibus.*
Cic. de Orat. 2.

*Verum et pecunia persuadet, et
gratia, et auctoritas dicentis, et dig-
nitas, et postremo aspectus etiam ipse
sine voce, quô vel recordatio meri-
torum cujusque, vel facies aliqua mi-
serabilis, vel formæ pulcritudo sen-
tentiam dictat.* Quintil. Inst. Orat. lib.
2. cap. 16.

PROLOGO.

Ector amigo: La buena acogida que has dado al primer tomo de los Enredos de Conchuela, á pesar de los desaciertos mios, y de tantos otros como sacó fatalmente de la impresion, me tiene muy agradecido á tu generosidad; y ella me fuerza á ofrecerte el segundo mucho antes de lo que pensaba. En este verás empezada á cumplir la ardua obligacion que me impuse en el

*2   Pro-

Prologo del antecedente. Dije alli , habia de tratar no solo de las grandes pasiones ó muy conocidos afectos destruidores á las claras de la Justicia , mas tambien de otros menudos , ó levisimos y casi imperceptibles movimientos del corazon , los quales bastan á alterarla aun en el Juez mas integro, ajustado, y zeloso. Asi lo ofreci y asi he intentado cumplirlo en el presente tomo , poniendote delante entre los groseros errores de los Tarugos y demás

se-

seguidores del vicio ó de las perjudiciales ideas del amor propio á las claras; los delicados del Cura, de Gaspar Fernandez, y de aquellos que siempre amantes de la rectitud la faltan en ocasiones sin echarlo de ver.

Para decirte algo de esas dos diferencias de errores de Jueces malos y buenos me ha sido necesario tratar de sus afectos como aconsejaban los Sabios Diaristas, y como ellos deben tratarse para

*3   ha-

hacerse con novedad y con fruto. Esto es : » desenvol- » viendo tódos los doble- » ces del amor propio, que » es el autor de todas nues- » tras malicias ; pues él » nos interpreta nos anima, » nos acobarda , nos em- » peña , y domina todas » nuestras pasiones quando » la propia conciencia nos » prepara para alguna ac- » cion moral.» El es en fin el unico principio ó causa no solo de todos los enga- ños de los rectos Jueces y de los errores todos en

que

que incurren los hombres de buena fé, ó con tal qual apariencia, de acertar; mas tambien estiende á veces su jurisdiccion hasta ocultar la malicia de las mas indisculpables operaciones. Ves aquellos iniquos Jueces del tiempo de Caligula? Aquellos , digo , que segun Suetonio seguian comunmente en sus sentencias el partido que tomaba en las causas este furioso Emperador? Pues no juzgues que ellos lo hacian asi con positivo conocimiento de que er-

erraban : cree antes bien, que el mismo deseo de agradar á dicho monstruo les persuadia en los más de los casos, que estaba la justicia adonde la queria él, y adonde ellos la declaraban con mucha satisfaccion de su rectitud.

He aqui pues el dificil empeño en que estoi metido; la principal idea del tomo presente, no del todo olvidada en el anterior; y la que continuará en la epoca que falta á la Historia. Si reflexionares lo

ari-

arido del asunto ; la precision de darle no solo amenidad mas tambien chiste y gracejo , por las circunstancias de la obra ; la de conservar eso no obstante el decoro y respeto debido á los buenos Jueces ; la de tratarle con sucinta claridad siendo tan lato y obscuro ; la de no perder de vista las otras importantes intenciones á que se encamina mi trabajo ; la de arreglar los lances y dirigir la invencion hacia todos esos objetos ; y fi-

nal-

nalmente si con indiferencia mirares otras delicadezas de que abunda el em-
peño mio: le tendrás sin duda
por muy arduo y dificul-
toso , y admiraraste con razon de que yo me haya
atrevido á formarle. Mas
seate, ello convincente prueba , de quan apoderado se
halla de mi ese mismo amor
propio contra quien escribo.

No esperes por tánto,
que he de subministrarte
acerca de él toda la luz
necesaria para conocerle
en qualquier apuro , y sa-
ber-

bertel guardar de todas sus maquinas ó artificios. Es ese amor propio un pais tan basto que ni se han descubierto bien sus limites, ni probablemente se descubrirán jamás; y son tantas y tan finas sus engañosas sutilezas, que ninguno ha llegado á comprenderlas todas: teniendose por felicidad el entenderle algunas. Daréte pues de él y de ellas las demasiado escasas noticias que me tengo yo; y no siendo posible el individualizar to-

todos los errores ó faltas, en que podrá incurrir el recto Juez.: ceñireme por lo común á solo asignar las principales fuentes ú origenes de sus engaños imitando en alguna manera á los Geografos, los quales no pudiendo incluir en un reducido Mapa todo un territorio ó Provincia, denotan solamente con puntos las Montañas y las Ciudades. Lo que importa es, que aprovechandote tu de mis tales quales reflexiones las acredites en la practica en los

los criticos empeños de juzgar. Tambien que los ver-
daderos Sabios, zelosos de
la justicia y en todo capaces de mejorarlas, no se
desdeñen de hacerlo, sir-
viendoles de estimulo para
engolfarse en un rumbo tan
util al acierto de los buenos Jueces como poco tri-
llado de los Escritores, los
mismos cortos apresurados y
tremulos pasos que me ven
dar á mi. Si asi lo ejecu-
taren, harán una Obra be-
nefica al Mundo, y em-
plearán sus talentos digna-
men-

mente. Entonces nada querrá decir me haya yo metido en una empresa tan superior á los mios; ni lo que es peor, que disten mucho en realidad mis consejos de mis operaciones: pues antes vendrá á ser plausible mi animosidad por sus efectos; y podrá aplicarseme con todo rigor, aquel unico merito de la aguzadera que tomaba para si en otro asunto la modestia de Horacio:

...... ergo fungar vice cotis, acutum
Reddere quæ ferrum valet, exors ipsa sacandi.

ER-

ERRATAS.

Pag. 15 lin. 1 y 2 digresion, burlandose, lee *digresion. Burlandose.* Pag. 24 lin. 17 y vm , lee *y si vm.* Pag. 43 lin. 3 temiendola , lee *teniendola.* Pag. 48 lin. 20 tenia , lee *tema.* Pag. 68 lin. 10 intimase , lee *intimasen.* Pag. 72 lin. 19 tenia, lee *temia.* Pag. 78 lin. 21 à todos, lee *de todos.* Pag. 85 lin. 17 trajo vm. , lee *trajo à vm.* Pag. 110 lin. 17 de solidez , lee *de la solidez.* Pag. 116 lin. 19 arrastrando , lee *arrostrando.* Pag. 125 lin. 6 arrastràrte , lee *arrostràrte.* Pag. 130 lin. 6 mudarse, lee *mudase.* Pag. 131 lin. 9 y 10 quien sangró , lee *quien los sangró.* Pag. 144 lin. 12 tiene , lee *tienen.* Pag. 151 lin. 7 ¡ó infeliz Lugar ! lee *ó infeliz Lugar.* Pag. 155 lin. 19 ó extravagancia , lee *ó extravagancias.* Pag. 166 lin. 1 inferir, lee infeliz. Pag. 168 lin. 2 costarles , lee *costàrle.* Ibid. lin. 4 circumbolitans, lee *circumvolitans.* Ibid. lin. 6 enitque , lee *emitque.* Pag. 176 lin. 4 idea, lee *ida.* Pag. 124 lin. 20 tratarle, lee *de tratarle.* Pag. 186 lin. 19 generalmente, lee *generosamente.* Pag. 194 lin. 8 habia, lee *se habia.* Pag. 199 lin. 5 habian, lee *habia.* Pag. 200 lin. 2 erà , lee *esà.* Ibid. lin. 20 depende, lee *depender.* Pag. 201 lin. 11 á quales , lee *á los quales.* Pag. 202 lin. 6 á otros , lee *ó à otros.* Pag. 205 lin. 4 en ella , lee *en el.* Pag. 209 lin. 13 en tres , lee *entre.* Pag. 212 lin. 16 trabaja, lee *trabajàr.* Pag. 213 lin. 16 aborrece , lee *aborrecer.* Pag. 214 lin. ult. compadezca , lee *compadezcan.* Pag. 218 lin. 7 tan , lee *de tan.* Pag. 223 lin. 5 en el , lee *el.* Pag. 224 lin. 7 inseparable , lee *insuperáble.* Pag. 229 lin. 14 prosas , lee *propensas.* Pag. 241 lin. 16 del , lee *el.* Pag. 257 lin. 8 de aprension , lee *de la aprension.* Pag. 269 lin. 6 conductor, lee *conducto.* Pag. 276 lin. 12 dfinitiva , loe *difinitiva.* Pag. 285 lin. 5 manifestàr , lee *manifestarse.*
Ibid.

Ibid. lin. 5 recusarles , lee *recusarle*. Pag. 281 lin. 16 otros , lee *dos ó tres*. Pag. 288 lin. 5 y con , lee *con*. Pag. 393 lin. 6 ellos , comparó , lee *ellos. Comparó*. Pag. 313 lin. 16 viese , lee *viesen*. Pag. 337 lin. 20 á los , lee *á las*. Pag. 339 lin. ult. les , lee *le*. Pag. 347 lin. 8 en ellos , lee *ellos*. Pag. 348 lin. 16 no , lee *y no*. Pag. 345 lin. 9 que fuése , lee *que se fuese*. Pag. 354 lin. 22 habia , lee *habria*. Pag. 355 lin. 19 facilidad , lee *facultad*. Pag. 369 lin. 13 el Sacristán , lee *al Sacristán*. Pag. 385 lin. 18 cometería , lee *cometerá*. Pag. 389 lin. 22 ya al , lee *al yá*. Pag. 390 lin. 12 decide , lee *decede*. Pag. 405 lin. 8 despique , lee *despiques*. Pag. 412 lin. 21 tenia , lee *tenian*. Pag. 413 lin. 1 á echarle , lee *á marearse*. Pag. 417 lin. 10 repelido , lee *repetido*. Pag. 430 lin. 4 acudiendose , lee *acudiendo*. Pag. 449 lin. 2 beneficios , lee *beneficio*. Pag. 458 lin. 22 otras , lee *otra*. Pag. 462 lin. 3 parecer , lee *padecer*. Pag. 158 lin. 4 sus ministros , lee *su ministerio*.

Hay tambien diferentes letras minusculas , que debieran ser mayusculas , y hay otros descuidos que facilmente advertirán los Lectores.

NOTA. Lo que decimos al fol. 154 citando á Quintiliano : que el defender á los Reos es el mas delicado empeño del Orador , entiendase no absolutamente , y si solo con respeto al de los acusár.

LOS ENREDOS DE UN LUGAR.

LIBRO SEXTO.

SUMARIO.

REfierense las nuevas discordias de
Conchuela, y su motivo. Falta de
justicia en una providencia del Lic.
Tarugo. Los agraviados destruyen
un avenár de éste y su Padre, pa-
rá satisfacerse. Preocupaciones con
que opinan sobre el daño estos y los
suyos. Averiguanse por fin los dañadores. Deseoso el Alcalde de hacer justicia se engaña en absolver-
los. Reconviene á los Tarugos sobre uno y otro lance, y ellos le atro-

pellan. Empieza á llevarlos á la Carcel, y antes de salir de su casa los deja en libertad. Huye á Iruste el Lic. Tarugo todo amedrentado. El Alcalde por su fuga empieza á formar causa de oficio, para vindicacion del desacato. Famosa declaración del Albeitar. Huye tambien el Tio Tarugo. Vá el Lic. Berrucál á verse con el Asesór de dicha causa, y lo que le pasó en la visita. Actividad del mismo Alcalde en el procedimiento. Cuidados é ideas de los Tarugos para alargarle. Fineza con que les sirven Carráles y el otro Juez. El ofendido llega á desalentarse en el empeño de su continuacion. Su Asesór le anima, y aconseja lo que debe hacer. Coloquio entre este y el Cura sobre qual sea la mayor dificultad del Alcalde Ordinario. Arbitrio que se piensa y usa para intimidar á los

*los referidos Tarugos , y hacerles
que se humillen. Marcha el Lic.
Berrucál en su busca con intencion
de traerlos. Novedad que esto causa en los animos de los vecinos.
Sueño y reflexiones del Albeitar.*

Que-

Uedaron en la parte primera
casado el Lic. Tarugo, casado tambien Carráles, y
pacificadas por entonces todas las
cosas; pero como el espiritu de
discordia sea un espiritu inquieto y
revoltoso que no deja por mucho
tiempo descansar á los hombres,
quando ellos tienen miras muy
diversas entre sí, tan diferentes conductas y esperanzas, y
generalmente tantos motivos de
desavenirse, como hemos visto, tenian los principales personages de
nuestro Conchuela, esa quietud
fue solo un ligero descanso, un in-
tervalo breve, ó un parentesis corto
de sus oposiciones.

En efecto habria poco mas de
un mes que se casó Carráles, quando

do suscitó el diantre el primer enredo, el qual alteró grandemente
el animo de los Tarugos, y volvió á poner en armas á unas y á
otras gentes. Mas para referirle con
todas sus circunstancias, es menester tomar la cosa desde el principio.

Ya sabes, ó Lector, que el Lic. Tarugo habia sido Alcalde en Conchuela el año antecedente al segundo de dichos Matrimonios.; y tambien que por
la pusilanimidad, y tonteria de su
compañero el Albeitar, hubo tem-
porada en que vino á ser Alcalde
absolutamente solo ; pues decidia
no solamente los juicios para quienes era buscado por las partes, mas
tambien los arduos, y aun todos los
no transigibles, en que buscaban á
dicho su compañero, el qual se los
remitia á él en consulta. Sabido esto, debes igualmente saber que en

el

el principio del mismo año el Tío
Tarugo viendo tal Alcalde á su
hijo, con la mira á dar mas nombre y voz á su caudal, y porque
realmente consideraba podria tener
utilidad en ello; determinó echar
un poco de ganado de lana. Com-
pró pues como unas quatrocientas
cabezas, parte con todo su dine-
rillo, y parte que le dió á medias
un acaudalado Ganadero de cierto
Pueblo cerca de alli; y traxolas
á pastar á su termino, proyectan-
do poner el abasto de carnes en
el año proximo, quitandole á un
Manchego que le tenia en el presente, y contando ya para despues con otros muchos abastos de la
tierra.

Trahido al termiño de Conchuela dicho ganado, mientras el
Tío Tarugo proseguia formando
quentas alegres, y echaba lineas
pa-

para adquirir con él inmensas ga-
nancias ; sucedió que como en aquel
principio aun no tenia bastantes
pastores que le custodiáran , y por
otra parte el territorio estaba muy
rompido : el tal ganado sin ser poderoso á detenerle un muchachue-
lo que andaba con él , se comió
enteramente tres viñas de unos pobres vecinos , á quienes dejó con
eso aun mucho más rematados, por
ser ellas el único patrimonio que
tenian.

Acudieron ellos al Tio Tarugo
harto afligidos , pidiendole el daño con los mejores modos y razones que pudieron concebir ; pero como él les diese la entreteni-
da y nada adelantasen , hubieron
por ultimo de acudir al Albeitar á
pedirle justicia. Este habiendolos
oido no se atrevió á romper con
el Tio Tarugo ; pues tenia ésta
por

por la mayor desgracia que le podia acontecer ; y asi despues de
algunos pasos dirigidos á transigir
la disputa , los quales le salieron
infructuosos , vino á resolverse á
consultarla con el Lic. Tarugo como los otros juicios , creyendo que
siendo este tan Alcalde como él,
y además de eso Abogado, aunque la demanda fuese contra su
Padre , no tendría inconveniente
alguno para hacer justicia. De
hecho vino á parar el juicio á
nuestro Abogado ; y dice la Historia que faltó poquisimo para que
él condenase al pago al citado su
Padre , llevandole en aquel primer ímpetu la sabrosa imaginacion,
de quanto le celebrarían las gentes si lo hiciese asi : pero interin
se determina , dió entrada en su
corazon á otros muchos respetos
que le acometieron de tropel , y
le

le incitaban à lo contrario, y fue de manera que agitado de unos y otros, estubo un rato indeciso y sin saber que hacerse. Batalla interior en la qual necesitaba un corazon mucho mas sublime que el suyo, y un heroico amor á la Justicia para haber salido con victoria.

Aquel Orador Atheniense, de quien habla Plutarco, Licurgo (el hijo de Licofron) en un acontecimiento poco diferente, tubo animo para pagar un talento de multa por su muger. Pero obráse este como le diese la gana, al Lic. Tarugo, no le pareció conveniente el imitarle; antes bien despues de reflexionados los motivos, y pesados los fundamentos por una y otra parte, vino á parar en aquel axioma o titulo de comedia : *no hai contra un Padre razon.* Es verdad que pa-

ra venir por ultimo á ello, y ab-
solver al suyo de tan clara respon-
sabilidad; tubo la suerte de descubrir, que las viñas del daño habian sido valdías en lo antiguo, y
que los causantes de los actuales
dueños, las habian arrompido y
plantado sin la correspondiente li-
cencia ó facultad del Comun. Con
cuya especie para la qual le sub-
ministró las luces necesarias el mismo Tio Tarugo, quedó el hijo tan
satisfecho de que obraba bien en
su providencia absolutoria, como
pudiera quedarlo si hubiese seguido aquel primer impetu que le llevaba al rumbo opuesto. Y fue lo
mas particular que en su casa habia diferentes heredades rompidas
sin autoridad, del mismo modo que
las dañadas; pero no se le ocurrió al pronto, y quando los con-
denados á perder el daño de las
otras

otras se lo pusieron en consideracion, enfadandose por ver que le
replicaban; los alejó de sí; y
no tubo lugar para reparar en
ello.

Vuelve aqui aquel Escritor antiguo, aficionado á los Tarugos,
aquel digo, que en la primera parte disculpó su flexibilidad en orden à hacerse amigos del Escribano, á disculpar tambien el proceder
del Abogado en la presente justicia. Supone se mezcló en ella algo
de cobardia, ó acaso de interés;
"mas no obstante añade : que el
"Lic. Tarugo obró en un lance tan
"critico, como obraron antes que
"él muchos Heróes famosos , los
"quales aun no ha acabado de ce-
"lebrar el mundo. Ningunos Jue-
"ces ha habido cuya entereza y jus-
"tificacion mas pondere la Histo-
"ria ; que los de Persia en tiempo
de

„de Ciro y de Cambises; y sabe-
„mos por Herodoto, que quando
„este segundo Monarca les pre-
„guntó si habia alguna Ley en Per-
„sia que prohibiese al hermano el
„casar con la hermana, le dieron
„una respuesta algo artificiosa; pe-
„ro llena de las mismas mixturas
„que se quieren reprehender en nues-
„tro Abogado. Julio Cesar tambien
„andubo un poco contemplativo,
„quando á pesar de su gran cora-
„zon, no se atrevió á deponer en
„juicio el atentado de Clodio, por-
„que le necesitaba para sus ideas;
„y quando pensaba en preferir á
„Bruto en el Consulado, reconocien-
„do por mayor el merito de Casio.
„Y dejandonos de los hombres, los
„Dioses mismos no se atrevieron
„alguna vez á castigar á este mis-
„mo Julio Cesar, aunque tubo la
„osadia de cortar el Monte de Mar-
„se-

„ sella que les estaba consagrado

„ como lo notó y ponderó muy bien

„ el ilustre Autor de la Pharsalia.

....„ Servat multos fortuna nocentes,

„ Et tantum miseris irasci numina,

„ possunt. „

Hasta aqui aquel Escritor antiguo. Mas nosotros dejando que val-
gan lo que valieren sus reflexiones
y exemplares , advertimos prosi-
guiendo la narracion, se quedaron
por entonces sin su daño los infelices dueños de las Heredades
comidas. Aconsejabanlos algunos,
lo pusieran à pleyto; pero ellos
jamás se conformaron con este parecer , temiendo lo habian de perder doble en las actuales circunstancias del Tribunal de Conchuela. Decianles otros acudiesen á al-
gu-

guna Superioridad á quejarse de
la injusticia , y esto se inclinaban
á hacer ; pero ni aun lo hicieron
por fin , intimidados del mucho dinero que presuponian les habia de
costar , del qual andaban escasos;
viniendo á reducirse todo su desahogo en la ocasion , á doscientos
por vidas , ciento y cinquenta votos , y mas de trescientas maldiciones , que entre ellos y sus mugeres vinieron á arrojar contra los dos
Tarugos.

De la inaccion de estos pobres hombres , y de que la satisfaccion de su daño se hubiese reducido á por vidas , tomó acasion
un Erudito Alcarreño que en aquel
tiempo trabajaba ciertas glosas à
Juvenál , las quales dejó sin con-
cluir , para una advertencia muy
importante , que por serlo tanto no
se ha de ir sin ser incluida en nuestra

tra Historia por via de digresion,
burlandose aquel Poeta satyrico de
algunas necedades de los hombres,
da este consejo para vivir en quietud:

Curandum in primis ne magna

injuria fiat.

Fortibus et miseris : tollas licet

omne quod usquam est

Auri atque argenti, scutum gla-

diumque relinques,

Et jacula et galeam : spoliatis.

arma supersunt.

Es decir en substancia : no hay
que agraviar á los infelices , pues
por mucho que lo sean, nunca les
falta arbitrio para vengarse. Asi es,
pero (aqui entra la advertencia del
Erudito) no se ha de entender es-

ta venganza ; de la que se puede
conseguir siguiendo recursos , y
Tribunales , como alguno podria
entender ; sino de otras desaforadas , y menos molestas y costosas,
que ellos suelen fiar á su osadia:
y nosotros quedemos en que asi se
debe entender.

Perdieron, pues, su daño por entonces; pero dexando de ser Alcalde el Lic. Tarugo , como vieron
al que entró en lugar del Albeitar,
tan recto , tan ajustado , y que habia empezado á hacer frente á su
despotismo y al de su Padre; parecióles sería capáz para obligarles al
pago de ese desgraciado debito.
Propusieronsele en esta inteligencia , y fué á tiempo por su desgracia, que él se hallaba de mal humor,
ocasionado de habersele frustrado
la noche antes el coger el Duende,
como ya escribimos ; y además en-
vuel-

vuelto en mil imaginaciones é ideas
sobre cogerle otro dia, si acaso contra su esperanza volvia á dexarse sentir. Por tanto, aunque ya
tenia noticia del lance de dichos
hombres, y propuso en su corazon
el hacerles justicia, difirió el juicio á otro tiempo, deseando desembarazarse del empeño del Duende
antes de entrar en este otro, por
considerarle arduo; y que se necesitaria á sí todo entero para hacer
venir en razon á los Tarugos. Esta
fue su idéa, y el motivo de no poner al instante las manos en la obra;
mas los interesados que atribuyeron la dilacion á miedo, y á no
querer hacer nada; llenos de ira,
y de enfado, deseando satisfacerse
de algun modo, y no ocurriendoseles otro mejor, dieron en llevar
por las noches á pastar todas sus

caballerias ái un gran avenár, propio de los citados Tarugos, que estaba en tierra rompida sin autoridad, y mucho mas recientemente que las viñas suyas. Acabaron brevemente con el tal avenar, dexandóle tan mondo y raso, como si alli no ohubiera habido sembrada, cosa alguna, y echadas las cuentas con su imaginacion al poco mas ó menos, les pareció quedaba medianamente compensado y resarcido un daño con otro.

Vino á suceder esta atrevida compensacion (una de aquellas venganzas desaforadas de que habla el citado Escoliador de Juvenal) pocos dias despues del matrimonio de Carráles. Supolo en breve el tio Tarugo, y le costó la novedad gravisima pesadumbre, pues tenia destinado el avenar por haber este fru-

fruto valido caro en el año anterior, á producir casi tantas utilidades como las que ideaba con el
ganado. Consultado el suceso con
su hijo, con el Presbítero Berrucál, con el Albeitar, y con su
nuevo amigo el Escribano discor-
daron los votos en orden á acha-
car la culpa, gobernando cada
uno su pensamiento por su particular emulacion, y no porque tu-
biesen justo motivo ó fundamento
para opinar asi. Los Tarugos, y el
Escribano creian con tanta seguridad como si lo hubieran visto, que
los mal intencionados dañadores
habian sido el actual Alcalde, y
un pariente suyo á quienes aborrecian. El Albeitar se oponia á esto, y opinaba serian otros dos vecinos, que hablaron con bastante
vehemencia contra él en la junta del

B 2 na-

Ayuntamiento, en que fue condenado á volver las penas; y al Juez Berrucál no habia quien sacase de que el caballo del Cura, y la borrica del Sacristán, que tambien los llevaban algunas noches al campo, se habian tragado la avena destruida. Todos perseveraban en su dictamen, y aun se esforzaban por inclinar los otros á él; mas como al fin estas voluntarias sospechas nada sirviesen para aclarar la cosa y remediar el daño, vinieron á reducirse á dedicar algunos dias en adquirir cada uno por su parte la luz que se pudiese de los dañadores.

Procuraronlo con bastante diligencia, y lejos de descubrir algun principio que pudiese encaminarlos á la verdad, sólo lograron hacer patentes sus particulares ca-

pri-

prichos, ó mal fundadas congeturas. Fue así, porque cada uno de
ellos dirigia la inquisicion ácia aquella parte que habia seguido en la
consulta, y con semejante proceder hicieron notorio su respectivo
modo de pensar. El Albeitar siempre preguntaba, ¿si habian visto en
el pago adonde estaba el avenar
las mulas de aquellos dos vecinos
que le escocian? El Presbítero hacia lo mismo, acerca del caballo y
borrica de sus émulos: el Cura, el
Sacristan, y los Tarugos, y el Escribano, no tropezaban con otras bestias por quienes preguntar que las
de su Rival el Alcalde, y las del
otro su pariente, y alguna vez por
las de Gaspar Fernandez, que no
menos les enfadaba. Llegaron con esto á noticia de todos esas mal con-
cebidas sospechas, recibiendolas

B 3· con

con distintos afectos aquellos contra quienes se dirigian; pues el Cura, y el Sacristán oyeron con sorna y con cachaza, y desprecio las imaginaciones de nuestro Presbítero: los Vecinos mal opinados por el Albeitar recibieron las suyas con tanta alteración que les faltó poquísimo para querellarse de él; y el Alcalde actual aunque quiso desentenderse de la ligera aprension de los Tarugos, y del Escribano, guardó con todo algun desagrado en su pecho de que la formasen.

De aqui empezó la nueva inquietud de los animos, y volvieron á agitarse todas las antecedentes, mas bien reprimidas hasta alli que sosegadas. No obstante, este mismo mal produjo algun bien, como casi siempre sucede, y fue que como habia tantos interesados en que pa-

re-

reciesen los verdaderos dañadores
del avenar comido, y que lo in-
tentasen por exonerarse á si : se
logró de hecho el descubrirlos; siendo el Sacristán el primero que se
puso en el rastro. Pero ellos quando
echaron de ver que los andaban á
los alcances, tomaron el partido
de delatarse al Juez, y decirle todos los motivos por los quales há-
bian procedido á la expresada compensacion. Oyólos éste, y como se
hallaba con el actual desagrado de
los Tarugos, y por otra parte la
providencia del Abogado, causa de
todo el enredo, habia sido tan claramente injusta, y gravosa á los de-
latados; parecióle, sin mucho detenerse en reflexionarlo, qué ellos habian hecho muy bien en satisfacerse por si mismos, y que no eran
merecedores de castigo alguno. Des-

pidiólos en esta inteligencia, y tomó á su cuidado el dificil empleo de persuadir á dichos Tarugos el concepto mismo, para que se sosegasen, y dexasen de cabilar; lo qual tampoco reflexionó mucho. Pasó con este fin á su casa adonde los encontró, tratando del asunto con el Escribano, y el Albeitar. Saludólos, y apenas les explicó la causa de su venida, insinuando estaban descubiertos los dañadores del avenar, quando saltó el Abogado: pues si asi es, que nos paguen todo su valor, y despues que vayan á presidio á lo menos por diez años; y vmd. otra cosa dispone es no saber, ó no querer hacer justicia. El Alcalde meditaba no exponer todo su pensamiento; y especialmente lo respectivo á la providencia del Lic. Tarugo, por su misma

ma

ma estimacion , hasta que se fueran los citados compañeros que los escuchaban, y se quedasen solos: pero oyendo su respuesta tan acelerada, tan arrogante, y aun tan provocativa, se acaloró tambien un poco, y creyó no deber aguardar a tanto. Dixole, pues, que si eso era lo justo ¿por qué él no había impuesto la misma pena á su Padre, quando se comió su ganado las viñas de los otros pobres? Porque esas viñas (volvió á responder el Lic. Tarugo con mas alteracion) han sido poco ha valdios, y como tales pertenecen al comun, y no debieran ellos haberlas arrompido: antes se debia quitarselas, y dexarlas que sirviesen de pastos para todos; pero como de esas cosas, pasan en Conchuela. Luego tambien (replicó el Alcalde) deberá hacer-

se

se lo mismo con el aveñar de vmds.
pues tambien es nuevo arrompido, y aun mas nuevo que lo son
las viñas.

No hay tal (dixo, ya precipitado
el Lic. Tárugo) eso es calumniar las
cosas para disculpar la falta de animo en la injusticia, ò sea la emulacion, y deseo de nuestro perjuicio que
la produce. ¿Cómo que no hay tal?
Repuso el Alcalde tambien con manifiesto enojo. Todo el Pueblo es testigo de que aun no ha ocho años
que arrompieron vmds. el aveñar,
y el contradecir con arrojo una verdad tan clara es demasiado empeño,
es un cerrar los ojos á la razon, y
un querer que todos los tengamos
cerrados para no ver el sol á medio dia.

Con esta última replica, subió
á todo su punto la colera de nuestro

tro Abogado, y es fama llegó á asir de una silla con ánimo de tirarla á su contrario á la cabeza. Su Pádre no menos enfadado que él, se puso en pie con furia, dando grandisimas voces, y quejandose en ellas de la intencion dañada, y del deseo de perderlos que suponia en el Alcalde. El Albeitar, siempre tan deseoso de agradar á sus Señores los Tarugos, no pudo menos de declararse á su favor con algunas tonterias que enfadaron mas que todo al mismo Alcalde. Y el Escribano queriendo por una parte atizar el fuego, y por otra cumplir con ambos partidos, ya se ponia al un lado favoreciendole con alguna media palabra, ó tal qual seña, y ademán muy significativo; ya se volvia del otro para acalorarle con la misma maña, y reservarse

el

el descubrir enteramente su interior
hasta ver en lo que paraba aquello.

Voceando, pues, el Tio Tarugo,
pateando su hijo, volviendo por sí
el Alcalde, y los otros haciendo su
papel, fue tomando cuerpo el alboroto, creciendo los gritos, y pasando las palabras de malas en
peores. El Lic. Tarugo volvió á tratar por dos, ó tres veces de iniquo,
y necio Juez al de la contienda; y
éste volviendole á él las tornas,
añadió, se contuviese en el hablar,
pues de no hacerlo le pondria donde merecia. Con tal amenaza se
acabaron de precipitar (si algo faltaba) los dos Tarugos, y ambos
acometieron, y cerraron con dicho
Alcalde: el viejo con el solo animo de agarrarle de un brazo, y
echarle de su casa; pero el hijo
enarbolando un taburete llevaba in-
ten-

tencion de hacer mas sangrienta la venganza. Pusieronse en medio el Escribano, y el Albeitar, estorvando así el último efecto de su intencion; y el Alcalde viendo este ultimo desacato, con la una mano asió de los cabezones al Lic. Tarugo, y con la otra detenia á su Padre que se le queria quitar, y pedia esforzando la voz, le ayudasen para llevarlos presos.

A este tiempo entró la señora Abogada en el quarto, llamada del excesivo alboroto, y como venía de la cocina, traia por casualidad en la mano las tenazas: al ver á su marido que no se podia desasir del Alcalde, parecióla debia acudir á socorrerle; y queriendolo hacer, fue detenida de toda la gente de la vecindad, que llamada del mismo estrepito entró de tropel detrás

trás de ella. Vino entre estos su tio
el Presbítero, y vino tambien el
otro Alcalde. Insistia el primero
en llevar á la carcel á los Tarugos,
y protestaba el segundo que no habian de ir ; mas como al fin el de
la riña fuese sin comparacion mas
respetado que el otro, y á dichos
Tarugos no faltaban en el Lugar infinitos enemigos encubier-
tos ; logró ayudado de unos quantos empezar á conducirlos á aquel
destino ; siendo ya á esta ocasion el Escribano auxiliador, manifiesto de sus intenciones. Mas la
Abogada que en la confusion habia logrado desasirse de los que la
detenian, al ver el triste semblante que iba tomando la aventura,
arremetió nuevamente con sus tenazas, contra los que mas estre-
chaban á su Suegro y Marido ; y
co-

como Carráles intentase otra vez detenerla le santiguó con tal tenazazo, que le hizo venir al suelo aturdido. Con todo, no pudien-
do libertar á los suyos, porque eran pocas sus fuerzas para el caso; se la apretó el corazon la insultó el histerico, y cayó ac-
cidentada cerca del mismo Carrá-
les. Acudió su tio á sostenerla, y algunas mugeres que alli habia, y creyendola difúnta empezaron á llorar alternativamente sus años malogrados, y á ensartar una bien sentida lamentacion de su desgracia.

En el interin llegaron los pre-
sos al portal, al tiempo mismo que el Cura, Gaspar Fernandez, el Sacristán, y otros entraban en él ace-
lerados, atraidos de algunos que los habian ido á llamar, diciendo se es-

estaban matando el Alcalde, y los
Tarugos. Fue para éstos expecta-
culo muy lastimoso ver ir presos
entre tanto bullicio, y algazara á los
dos ; doliendose del viejo por sus
canas, y porque le vieron ir llo-
rando ; del mozo por la nobleza,
y representacion de su exercicio,
y de ambos considerandolos acre-
hedores en realidad por sus circunstancias, y conveniencias á otra
suerte de fortuna. Por tanto no pudieron contenerse de pedir al citado Alcalde, se reportára, y que
no pasáse adelante aquella prision.
Hicieronlo, pues con tantas veras,
especialmente el Cura, que el Alcalde , grande apreciador de los
tres , y con particularidad del ultimo , les dixo lo haria con tal que
aquellos Señores se aviniesen á la
razon en cierto juicio en que eran
in-

interesados , y á demás desagra-
viasen de algun modo el haberle
querido atropellar. El Cura dixo
que asi lo harian, y el Tio Tarugo , mas humilde que antes , ratificó
la misma oferta con muchas sumisiones. Con lo qual aunque su hijo nada habló en la materia , fueron dexados libres uno y otro,
y el Alcalde hizo retirar á toda la gente , y se fue con ella,
reservando para otro dia , por exe-
cutarle con menos inquietud , el
arreglo que se debia dar en estas
cosas.

Mientras ellas pasaban en el portal volvió de su histerico la Abogada, y de su aturdimiento Carráles; y de la gente que habia con
ellos, se retiraron todos á excepcion del Presbítero, y el Albeitar, al
ver subir libres los Tarugos, y con

C   ellos

ellos al Cura, al Sacristán, y á
Gaspar Fernandez. Acompañaban-
los estos con el buen deseo de des-
ahogarlos, y darles algun alivio en
la adversidad; pero antes de hablarles cosa alguna fue tanto el despecho del Lic. Tarugo, sus patadas, sus reniegos, y sus dicharachos
contra el Alcalde, y aun contra ellos
mismos como sus allegados, y ayu-
dadores en el deseo de abatir á
hombres de bien, tanto el desaliento del Tio Tarugo, tantas las necedades del Albeitar, y tanto en
fin lo que se acaloró eu su defensa
el Lic. Berrucál, que los expresados amigos hubierón de despedirse;
y dexar los consuelos para ótra
ocasion. Fuese tambien Carráles,
por no verse precisado á fingir mas,
y el Lic. Tarugo despues de idos
todos estos, reflexionando lo arduo

del

del lance en que se hallaba metido, y temiendo no volviese el Alcalde á quererle prender; determinó huirse, y no parecer en Conchuela hasta que hubiese otra Justicia.

Su Padre, su muger, y el Lic.° Berrucál ni aprobaron, ni contradixeron semejante idéa, porque aturdidos, y ofuscado su entendimiento con la delicadeza del asunto pendiente, no atinaban con lo que sería mejor. Aprobóla el Albeitar fundado en aquel proverbio: mas vale salto de mata, que ruego de buenos; y el Lic. Tarugo sin mas detenerse montó á caballo, y se puso en camino. Al salir del Lugar estuvo indeciso sobre el rumbo que tomaria, incitandole su pasion á encaminarse á alguna superioridad para quejarse del Alcal-

C 2 de,

de , y si era posible perderle , ó
traerle á lo menos hasta el punto
que le habia traido á él el año antes el Sacristán, Chamorro. Pero
detuvole en este pensamiento el reflexionar lo de haber enarbolado
el taburete , y creer lo justificaria
dicho Alcalde si se le estrechaba:
justificado lo qual, temia no podria
quedar bien en su queja. Ocurrie-
ronsele otros parages adonde ir, y
todos le parecian mal. Por ultimo,
despues de haber estado un rato
echado de pechos sobre el arzon de
la silla, dirigiendo semejantes me-
ditaciones, vino á resolverse en ir
á Irueste , pareciendole que en ninguna otra parte estaría mas seguro
si le buscasen , y que se reiria al
fin de sus émulos todos , viendose
auxiliado de los consejos y de la es-
periencia de su Maestro.

Re-

Resuelto en esta determinacion, dirigió su marcha ácia allá con mucha prisa, y es fama ó tradiccion constante, volvió mas de docé veces la cabeza en el camino, creyendo venia alguna requisitoria en su busca; como tambien que no se atrevió por el mismo recelo á entrar por los Lugares que encontraba; y que no se apeó, ni aun comió en todo el camino; bien que le anduvo en menos de diez horas. Llegado á la casa de su Maestro, que á la sazon era Alcalde, fue recibido de éste con mucho gozo; y no le tuvo él pequeño quando refiriendo brevisimamente, y por mayor la causa de su ida, y el temor que traia de las requisitorias, le dixo el otro; se sosegase, y no le diese pena por nada; que el lance principal era una niñeria; y que

en

en punto de requisitorias aunque viniesen un millon, ya las despacharia él de modo que no le sacasen de su casa. Con esto cobró su acostumbrado ánimo el Lic. Tarugo, y bendiciendo la ocurrencia que habia tenido en encaminarse á Irueste, no le aquejaba otro cuidado que el natural de la ausencia de su Padre, y Esposa, y el deseo de que pasase pronto el residuo del año para volver á su compañia.

Dexandole aqui y volviendo nosotros á Conchuela, es de advertir que el Cura, Gaspar Fernandez, y el Sacristán, luego que se despidieron de casa de los Tarugos, pasaron á la del Alcalde á informarse de raiz del motivo que estos le habian dado para tratarlos con tanta severidad: y ver si se

ha-

hallaba algun medio razonable para que se compusiesen. Refirióles el
citado Alcalde todo el suceso en
los mismos terminos con que aqui
va dicho ; y el Cura ; y sus dos
Amigos bien enterados de todo, le
instaron de nuevo sobre que aquello se habia de componer. El repitió lo que tenia dicho antes, y
pareciendoles á todos que los Tarugos ; algo caidos de su soberanía
con la entereza usada con ellos se
arreglarian á la razon , conforme
á las promesas del viejo ; no obstante la furia, las patadas, y dicharachos , vistos posteriormente en
el mozo , llegaron á proyectar se
tasasen los dos daños, el de la avena , y las viñas, para saber lo que
el uno al otro excedia ; y el termino , y modo, que habia de usarse
por los Tarugos en su satisfaccion

sobre el atropello del mismo Alcalde, para que éste quedase des-
agraviado, y ellos nada perdiesen.
De manera, que procediendo con la
mayor buena fe, como procedian los
tales, puede decirse estaba ya hecha
la concordia, ó que faltaba poquisimo. Pero quando mas embebidos
se hallaban sus animos en el deseo
de arreglarla de todo, se descom-
puso de repente, porque la muger
del mismo Alcalde noticiosa de lo
ocurrido, entró al quarto acelerada con la novedad de que el Lic.
Tarugo acababa de salir del Pueblo á caballo; é infiriendo de aqui
iria á perder á su atrevido consorte, lo llenó todo de gritos, de llan-
to, y de sandeces, intentando primero con súplicas, y despues con
maldiciones, y hasta con arañarse,
que el mencionado su marido pa-
sá-

sára inmediatamente á, pedir. perdon del ultraje. á Tarugo el viejo, para que éste enviase, á detener al hijo, y se estorvase, su ruina,
y perdicion.

Este paso, lejos de mover al Alcalde, le acaloró tanto, mas, que juró á
la muger, que si le volvia á tocar
la menor cosa en el, asunto, pondria inmediatamente preso á su Dios
Tarugo el viejo, y tomaria por
mas alto contra él, y el hijo, el empeño de hacerse respetar. Dixolo
con tanta resolucion, que la tímida
muger práctica de la firmeza de
sus propositos, temiendo no lo hiciese, hubo de callar, y volverse á
salir del quarto, pidiendo á Dios
la sacase de esta vida. Con semejante novedad, y con la alteracion
que ella causó en el corazon del Al-
cal-

calde, volviendo éste al Cura, y los suyos les dixo : no pensasen mas en los medios ideados para la concordia; que pues el Lic. Tarugo se habia ido, y acaso se encaminaria á algun Tribunal superior á quejarse de su conducta, le era ya preciso hacer Autos, y justificar todo el lance para dar razon de su proceder si se la pidiesen : y que así hecho, obraria despues segun viese obraban los otros; si reconocidos se sometian, alzaria la mano, pero si orgullosos le querian burlar, proseguiria la causa, hasta que cada uno quedase en su lugar debido. Aprobó el Sacristán esta cautela, y sincéra intencion, y el Cura, y Fernandez, aunque deseaban se hiciese de todos modos la concordia, y que nunca llegáran á enzarzarse en pleito, temiendo que

una

una vez empezado habia de ser dificil de cortar; no se opusieron á la misma idéa, temiendola por justa, y aun por necesaria; antes la aprobaron tan bien, y se manifestaron sentidos de haberse empeñado por la libertad de los Tarugos, viendo resultaba de ella la fuga del mozo, y el irse poniendo el enredo mas dificil de desenredar.

Determinado, pues, proceder á la informacion de lo ocurrido, pareció al Alcalde no perder tiempo en executarla; pero por ser ya tarde aquel dia, hubo de diferirla hasta el siguiente. En aquel intermedio trató con Carráles del modo de hacerla, é hizo avisar á los testigos para que estuviesen prevenidos todos. Como uno de estos debia de ser el Albeitar, llegó la no-

ticia inmediatamente al Tio Tarugo, y al Présbítero; los quales viendose solos en un empeño tan delicado proyectaron traer á toda costa á Carráles á su favor; y tanto
trabajaron en ello, por medio de su
muger, por los suegros, y aun por
si mismos, habiendole ido á buscar, y
llenandole de promesas, y de expresiones, que lograron viniese de
tapadillo á su casa aquella noche
misma. Aqui agasajandole el Presbítero, adulandole el Tio Tarugo,
medio requebrandole la Abogada,
y pidiendoselo eficacisimamente sus
suegros, y su muger que se hallaban presentes, consiguieron les diese palabra (con animo de cumplir-
la) de hacer quanto pudiese en el
pleito á su favor. No es facil explicar la gratitud, con que oyeron
los interesados semejante oferta dicha

cha con todas las señales de sinceridad ; pues fue de modo que el Tio Tarugo se levantó, y abriendo de par en par una alhacena, sacò dos frasquitos de rosoli, de los quales regaló el uno al propio Escribano, y el otro se consumió alli mismo entre los de la Tertulia: cosa solamente acostumbrada por él en las ocasiones de mayor regocijo. El Presbítero le hizo donacion pura perfecta, é irrevocable de una Escribania, de peltre, muy curiosa que tenia en su casa; y la señora Abogada doliendose en aquel punto del tenazazo con que le santiguò quando la riña, no pudo contenerse de ponerle en la herida un poco de balsamo con sus manos propias. Fineza que estimò sobre manera nuestros Carráles.

En efecto, el quedò reducido á

ser-

servir en el pleito á los Tarugos,
pareciendole podia esperar mas de
ellos que del Alcaldé; pero conoció muy desde los principios no era
posible hacerles todo aquel favor
que proyectaba, pues como el tal
Alcalde estaba presente al examen
de los testigos, hacia estender á su
vista las declaraciones, y ponia todo cuidado en que no se variase en
ellas ni aun la menor palabra; ni
él, ni el otro Alcalde que asistia
de acompañado, encontrabán arbitrio para introducir algo graciable
ácia los Tarugos. Fue por tanto caminando la información al descubri-
miento de la verdad, siendo exa-
minados algunos vecinos, que desde ciertas ventañas inmediatas á las
de los reos habian oido, y aun visto todo lo ocurrido en la quimera.
Llegó el caso de entrar el Albeitar

á

á evacuar su deposicion, de la qual
intentó exonerarse , fingiendose enfermo, y pidiendo con muchas veras al citado Alcalde le hiciera el
gran favor , de no estrecharle á declarar; pero nada adelantando en
la materia, antes siendo reñido por,
la bajeza de su animo, hubo de resolverse á salir, como Dios le ayudase , de la insinuada deposicion.
Pregutado por lo acaecido en la
riña que habia presenciado desde
el principio hasta el fin , fue lo que
depusó tanto menos de la realidad,
y de lo que iba ya averiguado por
las otras deposiciones, que el Alcalde admirandose de lo que obraba en él el temor servil de los Tarugos, le reconvino, ó repreguntó:
¿Si no habia visto al Abogado en-
arbolar un taburete para darle con
él? Crea vmd. dixo el Albeitar que
soy

soy un poco corto de vista, y tambien algo teniente de oidos, y en
eso puede consistir el que no haya
visto ni oido esas cosas. No señor,
dixo el Alcalde: no ha consistido en
eso; sino en que vmd. teme demasiado á los hombres, y no tanto á
Dios; y para que vea quanto lo yer-
ra en este trastorno de temores, reflexione allá á sus solas una verdad que voi á decirle. Esta es: Que
los hombres, aúnque todos se em-
peñen en perseguirle, solo podrán
causarle alguna extorsion pasagera,
y esto si se lo permite Dios; mas
no de otro modo: pues le es muy
facil si quiere el impedir, y hacer
inutiles todos sus intentos: asi de
hoy en adelante (vaya este consejo de amigo) tenia vmd. para acer-
tarlo, á quien lo puede todo por
sí; y no me vuelva á temer á quien
no

no es capáz de moverse si aquel no
se lo permite.

Quando el Alcalde dijo esto al
Albeitar, enfadado de su pusilanimidad y necia declaracion, estaba
ella concluida ; y no faltaba mas
que el firmarla. El al oirlo se quedó tan confundido y abochornado,
que no supo que responder, y su
yerno para sacarle del paso hizo
una seña al otro Alcalde ; vista
la qual dijo este al primero : que
aquello era asonsacar los testigos.
Sobre si era ó no era se desazona-
ron los dos Jueces, y mientras ellos
ventilaban á voces el punto, Carráles despachó á su Suegro, quien
se fue dejando firmada su tal qual
deposicion. Ido él, se sosegaron
los dos Alcaldes ; porque dicho
Carráles que conocia muy bien el
espiritu del ofendido y le temia, no
se atrevió á continuar atizando el

fuego contra él ; y faltando sus estimulos , era el otro poca cosa para mantenerle. Sosegados en fin,
se firmó la Sumaria ya concluida,
y fue enviada al Asesór.

He aqui la cosa en estos terminos y probado el delito de los
Tárugos, sin haberlo podido impedir Carráles no obstante sus ma-
ñas. Viendolo él asi , y persuadiendose á que tampoco podría servirlos en lo succesivo , subsistien-
do la entereza, la vigilancia y el
acaloramiento del Alcalde , determinó servirles á lo menos en aquellas cosas que estaban en su arbitrio : esto es, en avisarles fielmen-
te de todo lo hecho y de quanto se
fuese haciendo en la Causa. Pasando para ello á buscarlos aquella
nochei misma , dió quenta y razon
exacta de todo al Tio Tarugo, y
al Presbitero. Aqui en primer lugar

gar se recetaron unas quantas memorias , para quando Dios mejorase la fortuna, contra aquellos avilantados , y poco atentos vecinos que habian depuesto el lance sin miramiento ni contemplacion , y establecido semejante proémio se pasó á consultar lo que debia hacerse. Suponia Carráles vendría decretada del Asesór la prision d e ambos Tarugos , y el embargo de todos sus bienes , y procediendo en tal inteligencia trataban de averiguar la duda : si sería mejor esperase el golpe el Tio Tarugo , ó huirle el Cuerpo como el hijo. Y despues de maduro exámen , y prolixa discusion de los motivos que inclinaban á ambos extremos , vino á tomarse el de la huida ; persuadiendola mas que otra cosa el sumo pesar que sería para el viejo Tarugo el verse preso en Conchuela como malhechor, estando acostumbrado á gobernarle como dueño casi toda su vida. Resolviose tambien que el Lic. Berrucál pasase á ver al Asesór antes que despachase los Autos, y le pidiese lo primero: que templára todo lo posible, la providencia: y lo segundo que hiciese al Alcalde sobreseer en la Causa, atendiendo á la calidad y circunstancias de aquellos á quienes perseguia, y todos sus bienes, y p...

Fijos en esta resolucion se pusieron en camino antes de amanecer, y sin ocurrirles cosa que sea digna de contarse, llegaron á sus destinos: El Tio Tarugo á Irueste á la compañia de su hijo; y el Presbítero á la casa del Asesór. Era este aquel Abogado lleno de rectitud y de justicia, con quien consultaba el Alcalde todas sus dudas, segun dijimos en el Libro ante-

tecedente, á quien recibió al Lic.
Berrucál con muestras de toda atencion, y respeto; pero luego que le
explicó el motivo de su venida, le
desaució no solo en el particular
del temple de su providencia, mas
tambien en quanto á que el Alcalde debiese sobreseer en el litigio,
interin no se le desagraviase completamente, y satisfaciese al público del perjudicial y escandalo-
so atentado de atropellarle, y quererle dar con el taburete. Es posible (replicó el Lic. Berrucál) que
nada hayan de poder con vm. las
circunstancias de los Tarugos, sus
conveniencias, su valimiento, y
sobre todo el ser el hijo su compañero en la profesion, y mozo
(mejorando lo presente) tan habil,
y de tantas esperanzas? Esas mismas calidades (respondió sonrien-
dose el Asesor) aumentan el deli-

to ; y haciendole de peor exemplo para los demás hombres, están pidiendo con mayor precision el castigo : para que conozcan estos que todos, aun los mas altos deben vivir subordinados á las Leyes, y respetar la Justicia. Y si otra cosa se hiciera, con el egemplo de la impunidad de esos altos, mañana la atropellarían otros inferiores, y tampoco se les podria castigar, porque no podia darseles razon para tratar á unos y á otros, con desigualdad tan notoria. De este modo reinaria en el Pueblo la confusion y el desorden, viviria cada uno en la Ley que quisiese, y andaría de él desterrada la Justicia, que ya ve vm. si sería gran fortuna. Pues cómo en otros lugares (volvió á replicar el Presbitero) no se usa tanto rigor con los poderosos ? Podrá vm. negar que comun-

munmente vemos tratar con alguna
diferencia á los ricos, y á los que
no lo son, sin que por ello se vengan á experimentar todos esos desordenes y lastimas que teme? Y
por si vm. lo negare, le afirmo
como Sacerdote en prueba de esta
verdad, que yo mismo coñocí cierta persona la qual quando los Alcaldes de su Lugar disponian algo
contra su gusto, los amenazaba
publicamente con un presidio; y
lo que es de palabras les decia
quantas se le venian á la boca; y
lo mejor es que ni el tal Pueblo se
ha perdido, ni alguno de dichos
Alcaldes se atrevía jamás á tratar
á la persona expresada con la mitad del rigor que vm. quiere tratar á mis Tarugos: antes le escuchaban con suma atencion y con las
monteras en la mano. Esto es cier-
tisimo, y siendolo, dan en vago en

quan-

quanto á dichos inconvenientes las reflexiones de vm.

Yo señor mio (respondió el Asesór) no ignoro que el nobilisimo oficio de Juez , está á veces por la suma escaséz de todas las cosas que hay en los Lugares , en personas inutiles y enteramente imposibilitadas de exercitarle bien : porque ni llegan á conocer su dignidad , ni las muchas y gravisimas obligaciones con que deben cumplir: y lo que es peor , apócado su espiritu , y como encarcelado en la misma estrechez de su fortuna , de sus esperanzas , y del reducido teatro adonde viven : todo lo temen, y todo lo esperan de aquellos mismos sus subditos , y algo mas acomodados y resueltos que ellos , á quienes por tanto huyen mil leguas de desagradar. De aqui vienen esas exarruptas, y necias pusilanimidades,

que

que como vm. dice muy bien, expe-
rimentamos todos los dias ; y de
aqui (aunque á vm. le parece que no)
un lastimoso desorden ó desarreglo
Asiatico , que sabemos nosotros, y
que aprenden á su costa los infelices litigantes quando litigan en semejantes Pueblos contra los mas poderosos ó que hacen cabeza. Y es
tan grande y por otra parte tan notorio, este perjuicio , que hay algunos Abogados (estoi por decirle
á vm. soy yo uno de ellos) que vi-
niendoles algun pleyto seguido entre personas de conocida desigualdad en la fortuna , aconsejan á la
menos feliz , le deje ó ller transija,
aunque tengan su justicia por clara , conociendo que en las circunstancias dichas es empeño largo,
costoso , y dificil , el lograr ma-
nifestarla y que se la den. Por esto mismo , el Juez que intente obrar

al

al contrario de esa gente debil,
usando entereza y valor con los que
le resisten, y dulzura y facilidad
con los miserables; es un Juez que
cumple en esa parte con su obligacion, utilisimo á la Sociedad, y digno de aprecio de todos los hombres.

Otras muchas palabras, repli-
cas y discursos pasaron entre nuestro Presbitero y el Asesor, las
quales no ha podido conservarnos
la Historia : sabiendose solo vinieron á quedar por ultimo en que si
los Tarugos reconocidos de su exceso, se sometiesen al Alcalde de
Conchuela : trabajaría con el dicho
Asesor todo lo posible para que se
contentara con semejante satisfaccion, y no quisiese llevar las cosas
hasta el cabo : pero si firmes en
sus ideas de superioridad, se negasen á este rendimiento ; ayu-
daría quanto pudiese al ofendido
Al-

Alcalde en su empeño de mantener la autoridad de su oficio. Viendo el Presbitero el estrecho partido, pretendió que á lo menos detuviese en su Estudio los Autos sin poner la providencia, hasta dar parte á los mismos Tarugos, para que viesen si entraban, ó no en él. Pero aun esto le negó con firmeza el inexorable Asesór; y conociendo no habia de adelantar mas, llegó el caso de despedirse poco satisfecho de su embajada.

Volvióse á Conchuela, adonde se empleó aquella noche en nueva consulta del suceso con su sobrina, con el Albeitar, y con el Escribano. Al dia siguiente traida la Causa del Asesór, se hizo por la Justicia embargo de todos los bienes de los fugitivos Tarugos, y dirigió requisitoria á Irueste en su busca. Llevóla un confidente del
Al-

Alcalde ; el qual preguntando por
ellos con cautela, antes de mani-
festarla , supo de cierto que estaban alli ; pero con todo la trajo
despachada con testimonio de que no
parecian. Enviaronse otras quatro en
pocos dias con el propio objeto, pero
todas vinieron con la misma certifica-
cion. Por tanto hubo de seguirse la
mencionada Causa en rebeldia ; y se
empezaron á llamar los citados Tarugos por edictos y pregones. Verdad es que el amigo Carráles , deseando contener la celeridad de estas diligencias , se fingió enfermo
para que parase la Causa mientras
tanto ; pero el Alcalde que conocia perfectamente lo que el tal Carráles podía dar de sí , trajo al punto un Escribano de fuera para con-
tinuarla. Con esto no solo no tubo ella suspension alguna , mas se
logró tambien que el mismo Car-

rà-

ráles(se.)diese inmediatamente por
restablecido , por no perder los
derechos que se iban causando.

Caminando pues con esta ligereza el proceso , los Tarugos que
recibian en Irüeste continuos avi-
sos de todo , empezaron à entrar
en cuidado. Hasta alli no le habian tenido muy considerable , porque esperaban pasase el resto del
año antes que el Alcalde su emulo pudiera substanciar el juicio ; y
entrando otra Justicia , si ella como creian fuese de su faccion , con-
ceptuaban cosa facil el hacer tablas el juego , y reirse al fin de sus
perseguidores. Estas eran sus esperanzas al principio , coadyuva-
das en alguna manera del juicio ; y
prudentes discursos del famoso Abogado , en cuya casa se habian refu-
giado ; pero con la noticia de la
suma velocidad con que iba cor-

rien-

riendo el expediente, echaron de
ver sería sentenciado antes que el
Alcalde dejára la jurisdicion: y
siendolo, sobre la difamacion y ex-
torsiones que de ello podrían se-
guirseles, quedaba el lance dificil de
enmendar, y casi inposibilitado de
hacerse tablas segun el primer proyecto; especialmente si dicho Alcalde consultaba su sentencia con
algun Tribunal superior como era
de temer. Envueltos por tanto en
mil dudas é irresoluciones, no hacian sino consultar con el Abogado referido, la disposicion que debia
tomarse.

Despues de muchas juntas, é
irresoluciones en la materia, vinieron á parar por ultimo en que
el Suegro del Lic. Tarugo, aquel
Juan Cucharero bien conocido en
nuestra Historia, saliese á la Causa en Conchuela, y pidiese los Autos

tos como defensor de su yerno,
para exponer la clara y notoria
inocencia con que padecian. ¿Era
el fin de este arbitrio, el que oto-
mados los referidos Autos, ir los
llevase á Irueste, asi para enterarse todos con mas seguridad del
semblante que tenian en ellos las
cosas; como tambien para detener-
los mucho tiempo sin devolver, y
echar otras lineas ácia su longitud,
à ver si podia conseguirse que acabase la actual Justicia antes que
saliesen del sumario: bien que el
Abogado de Irueste desconfiaba del
exito de la intencion al considerar
el espiritu, y acaloramiento del
Alcalde ofendido; pues le habia
enseñado su mucha practica que lo
que es en tolerar dilaciones hay
una distancia inmensa de los pley-
tos en los quales proceden los Jueces con algun particular interés, y
ade-

además de eso son de resolucion ; á
los otros en que ellos no tienen interés alguno , y por otra parte son
de poca actividad. No obstante determinados á executar el referido
pensamiento , embiaron al Lic. Berrucál un borrador de la peticion
que debia presentarse por Cucharero, encargandole se viese antes
con Carráles , para asegurar el logro ; y asi hecho quedaron cuidado-
sos de las resultas.

p Llegado este aviso al Lic. Berrucál , y comunicada la órden á su
Cuñado , determinaron presentar el
escrito ; bajo noticia , asenso , y
direccion de Carráles como se les
encargaba : y habiendole llamado
y enterado de todo se aprobó por
él la idéa ; y tomandole fue muy
solícito de que no se malograse la
pretension. Su primer paso fue el
comunicarla con el otro Alcalde,
es-

esto es el afecto de los Tarugos,
y sabiendo de él que su compañero el ofendido tenia que ir fuera al
dia siguiente , reservó para entonces la presentacion , dando con semejante oportunidad , por conseguido todo. Sucedió de hecho como él
lo creía ; porque el citado Alcalde quedando Juez solo de la Causa. , con su aficion á los ausentes,
y asegurandole Carráles era de ca-
jon lo que se pedia , no tubo repa-
ro en decretar la entrega del pró-
ceso al nuevo defensor ; y el tal
Carráles en quien andaba detenido,
y como represado por el vigor del
otro Juez ; su deseo de servir á
los mismos fugitivos ; al ver la suya , aceleró de tal modo dicha entrega , que empezaron los Autos á
caminar á Irueste antes de medio
dia. Llevólos el mismo Juan Cucharero , quien refirió con exacti-

tud la cautela de que se habia valido el Escribano ; y la suma diligencia usada por su bien : lo qual
oyendo el Abogado de Irueste, volvió á repetir á los Tarugos aquella su inveterada maxima, ó casi
continua advertencia, de que viesen quánto importaba el tenerle propicio : y ellos acabaron de persuadirse á que de eso dependia su pre-
senté y futura felicidad.

Aquí se leyeron y remiraron los
Autos todos, y se conferenció lar-
gamente sobre las esperanzas que
de ellos podian concebirse ; sobre
la osadia de los necios testigos que
depusieron del lance sin algun miramiento ácia los Tarugos : sobre
la fatal dureza y extraordinaria
constancia del Alcalde ofendido : y
sobre los diferentes juicios y opi-
niones que del tal pleyto habia en
el Lugar ; despues de cuya sesion
se

se volvió Cucharero á Conchuela;
y quedaron en Irueste los Autos
con ánimo de dejarlos dormir todo
lo posible, procuró hacer side
do. Mas el Alcalde que en la bre-
vísima ausencia que había hecho de
su casa, halló el pleito con tan
considerable novedad, se enfadó mucho, y riñó con su compañero y
con Carráles, porque no le aguardaron, y porque no hubiesen consultado con Asesór una resolucion
de ese momento; pero ellos se
disculpaban como podian, y cada
uno se escusaba con el otro : de
modo, que el de la ausencia nunca
pudo averiguar quien de ellos habia tenido la mayor parte en la
disposicion; y viendo que con enfadarse no la remediaba, huvo de
aquietarse. Finalmente ási lo hizo;
pero luego que pasaron los termí-
nos regulares empezó á apremiar

con eficacia al defensor Cucharero
á que devolviese los Autos. Este
que se hallaba instruido de lo que
debia hacer , procuró diferir los
primeros apremios, ó sus intimacio-
nes, fingiendo ausencias, y tenién-
do cerrada á todas horas la puerta de su casa : por cúya treta
tubo que mandar el Alcalde se
intimase á los vecinos. Despues
empezó con el ardid de pedir mayores terminos para alegar , con
motivo de hallarse enfermo y ocu-
padisimo su Abogado ; pero nuestro Juez echando de ver la malicia,
y bien dirigido en el modo de pre-
caberla , le fue cortando tan aprisa
los revesinos , y estrechandole de
forma ; que ya daba al diablo Cucharero las cosas de los Tarugos,
y la delicada defensa en que se habia metido: Con todo no faltaban sus
desazones y sus cuidados al mismo
Al-

Alcalde, porque con esas y esotras se iba viniendo à mas andar el término del año, y en solos los apremios se habia detenido la Causa cerca de un mes. De aqui infirió lo que sería si se llegaba á tomar de veras la defensa de los Tarugos; y como veía tan clara la parcialidad del Escribano y del otro Alcalde á su favor, y sabía tambien que el mayor numero de vecinos vivian deseosos de agradarlos, conoció lo primero: era ya irremediable se hubiese de substanciar el juicio por otros Alcaldes; y lo segundo, que si estos salian por casualidad de los aficionados á dichos Tarugos, ó de la turba multa de inutiles para obrar con vigor, nada harían de provecho en su desagravio. Por otra parte como no andaba sobrado de conveniencias, y habia tenido que expender hasta

allí todos los gustos, no dejaba de
echar de ver este descalabro de
su bolsillo : especialmente que la
muger, miserable por inclinacion,
yi atizada del Lic. Berrucál, andaba sobre ello quebrándole la cabeza cada instante.

Asi que no habiendo en aquel
Lugar caudal alguno de penas de
Camara, ó para gastos de justicia,
ni aun sobrante de proprios, era
uno de los mayores apuros de dicho Juez el de haber de costear
la dependiencia hasta que se acabase. Creció este al ver la primera peticion de defensa que trajo
Cucharero estrechado de los apremios en la qual se venia formando articulo sobre la nulidad de
todas las diligencias ; y sobre que
él siendo parte como que se supo-
nía ofendido, y ultrajado en su
persona, no prosiguiese haciendo
de

de Juez en la Causa ; y se echaban en fin en dicha peticion otras muchas lineas y cimientos para formar un pleyto largo y costoso. Venia ella firmada del Abogado de Irueste ; y como la fama de este en orden à cabilar y alargar los litigios, era tan grande que se decia de público no se verian sentenciados si él no queria, los que se encargase de defender : junto esto á los antecedentes motivos, y à la conocida tenacidad de los Tarugos, hicieron tanta operacion en el corazon del pobre Alcalde, que empezó á titubear su constancia ; y deseaba se proporcionase una decente compostura que le quitase de gastos, y pesadumbres.

Verdad es que algunos dias lo deseó á sus solas sin atreverse à comunicar con nadie este su pri-

mer

mer desaliento.: pero como por casualidad transitase por Conchuela
el Asesór del pleyto de quien hemos hablado ; y se hospedase en su
misma casa fue éste el primero, à
quien se le descubrió enteramente.
Aún no habia acábado de decirse-
lo quando entró el Cura à visitar
à dicho Asesór : y nuestro Alcalde
viendo juntos á estos dos amadores de la Justicia , volvió á referir su deseo desde el principio , pi-
diendoles le ayudasen con sus luces para hacer lo mejor. El Asesór le aconsejaba continuase el juicio con la entereza y espiritu que
hasta alli , y que para precaver
de algun modo esas dilaciones que
tenia de parte de los Tarugos , y
las injusticias de los Jueces del año
venidero , hiciese consulta á la Superioridad , la qual era regular
mandase no solo el proseguir la
Cau-

Causa , mas tambien el que se la consultase la sentencia : y con semejante mandato se precisaba á los referidos succesores Jueces à que obrasen en ella. y la determinasen con arreglo. Aprobóse por el Alcalde no obstante su temor, de gastar este consejo del Asesór; pareciendole que executado asi habia salido de la mayor parte de su apuro. Mas el Cura que sobre su natural inclinacion á la paz y buena armonia de todos sus feligreses , deseaba con especialidad se terminara la presente discordia, para unir los animos y disponerlos á cierta novedad, de que luego hablaremos. Opinó se suspendiese la insinuada consulta , hasta ver si los Tarugos , cansados de la ausencia de su casa , é intimidados de que se hubiese de hacer pues se daría medio para que llegase á

su

su noticia tal intencion) se resolvian á darse à partido, y entrar en un ajuste que á todos tuviese quenta. Aun mas gustó al Alcalde este segundo juicio ; pero asi él como el Asesór desconfiaban, de que los Tarugos hubiesen de caer de su dureza, viendo no lo habian hecho en manera alguna hasta alli, ni dado la menor muestra de rendirse con quanto habian padecido en sus intereses en tanto tiempo de ausencia.

El Cura les hizo ver que toda esa inflexibilidad consistia en tener creído, se acabaria la Causa, ó à lo menos que la gobernarían como quisiesen, luego que entrase otra Justicia; y que este concepto les hacia sufrir con la esperanza de salirse con la suya, ó burlar el juicio, sin la precision para ellos tan sensible de someterse y darse

por

por vencidos. Que por lo mismo
manejado con alguna destreza, el
que llegue á su noticia que se va
à hacer la consulta, con la qual
se les cortan las alas, ó arruina
en mucha parte la citada su imaginacion; es preciso conozcanse ex-
ponen si el pleyto hubiese de continuar; y conocido esto no les queda otro arbitrio para detener el
golpe ó huirle, que el de solici-
citar el ajuste, como lo practica-
ron con semejante apuro en el pleyto del Sacristàn; y era naturalisi-
mo practicasen en el presente, con
especialidad dandoles intencion de
que no serían presos; pues estaba
conocido que el miedo de estarlo
habia sido el unico que les habia
obligado á huir. Y sobre todo, que
si usada la mencionada cautela, se
viese continuaban en no dar paso
alguno ácia la sumision, é ideada
los-

solicitud del ajuste ; entonces sé
podia llevar á execucion el proyecto de la consulta , ú otro que tu-
biesen por conveniente. Esto fué
lo que dixo el Cura , y no hallando que replicarle el Alcalde ni el
Asesór ; determinaron se hiciese
asi protestando el Alcalde , que su
animo nunca habia sido el de hu-
millar y dar pesadumbres á los Tarugos ; sino solamente el de cumplir con su obligacion y hacer respetar el noble ministerio de Juez
que exercitaba, para que no aprén-
diesen los hombres á ultrajarle,
viendo lo habian hecho dichos Tarugos , y que no se les imponia castigo alguno por ello.

Ese es en mi sentir (dijo el
Asesór volviendose al Cura) el mas
arduo empeño , y la mas dificil
obligacion de un pobre Alcalde de
Lugar. Los Jueces que administran

jus-

justicia en una mas afortunada situacion, que se vén cercados de ministros, de tropa y del mismo es-
plendor de sus Tribunales; como estas ventajas solas que tanto mueven
la atencion y concilian el respeto
de los hombres, lo tienen hecho
todo en orden á mantener en la
altura debida su autoridad; pero
un Alcalde Ordinario, á quien el
mismo trato y familiaridad con qué
tiene que vivir entre sus subditos,
le quita para con ellos una parte
del aprecio y estimacion con que le
deben corresponder; á quien miran
como uno de ellos mismos, como
que le han visto y han de volver
à ver muy pronto sin jurisdicion
en el propio theatro, y quien solo
tiene destinado á su auxilio un miserable Alguacil, que no sabe lo
que es; ¿cómo no ha de hallar empresa muy dificultosa la de hacer
res-

respetar sinceramente su noble Ministerio? Añadase á lo dicho,
quanto crece la misma dificultad
por la falta de exemplares que hay
en tales Pueblos de Jueces que tra-
bajen de veras en adquirirse una justa y universal estimacion. Si lejos
de eso sabe todo el mundo que una
gran parte de ellos asistidos de las
calidades de aquel Prétor de Gal-
ba, de quien decia Tacito : *quem*
nota pariter, et occulta fallebant,
solo piensan en no hacer nada y
salir del año : y si casi todos los
otros , atentos á no malquistarse, y
á conservarse propicios los que algo pueden , huyen con todo su
corazon del empeño de subordinar-
los á la Justicia; quando haya uno
que quiera obrar con espiritu , y hacerse á todos obedecer, ¿no es preciso encuentre gravisima resistencia
la novedad?

To-

Todo eso está muy bien dicho (respondió el Cura) , y no admite duda ; es grande en el Alcalde Ordinario la dificultad de hacerse amar y temer. No obstante yo opino que la mayor de su cargo no es esa , sino la de haber de administrar justicia sin apasionarse ; administrandola en un tan reducido territorio , adonde puede haber muy pocos subditos , con quienes no tenga dicho Alcalde algun motivo de afecto ó de desafecto : y juzgo que á poco que vm. me oiga ha de concederme la razon. Para persuadirla no necesito repetir á vm. lo que tiene muy sabido : esto es que todas las pasiones del hombre capaces de obligarle á alterar la justicia , siendo infinitas , y entrando en ellas aun los afectos licitos , se vienen á reducir á estos quatro principios

ó fuentes : *odio, y amor , esperanza,
y temor.* Tambien sabe vm. ; que
para engañar al Juez los citados
afectos , no es necesário que ellos
estén en su corazon. en un grado
alto , ó en que obren con mucha
eficacia : nada menos ; pues bastan
á precipitarle , y hacerle caer sin
que lo conozca , hallandose en un
grado muy remiso, y tanto , que sólo le quede algun leve estimulo ó
casi imperceptible deseo de favo-
recer mas á uno que á otro de los
litigantes. Que esto sea asi , sobre
haberlo demostrado Cicerón en los
Libros de Oratore , en los consejos
que dà para atraer la benevolencia
de los Jueces , y en las levedades
que confiesa ser utilisimas para moverlos aunque sean integros , lo
acredita la Historia con muchos
casos que nos refiere , en los quales
vemos trastornada la Justicia por
Jue-

Jueces por otra parte rectisimos, por solo parar algo la atencion en los semblantes , en la exterior felicidad ió lidesgracia ,en la hermosura , en él merito anterior , ni en otros diversos accidentes de los que litigaban, lo advierte Salomón quando nos dixo : ,, qué es que en juicio atendiere los rostros , no hace bien , pues éste faltará á la razon por una migaja de pan :,, quiere decir facilisimamente lo ha enseñado en nuestros dias el gran Muratori en su celebre obrita de los defectos de la Jurisprudencia ; y por ultimo lo testificó en los antiguos el rectisimo Tribunal del Arespago en aquella admirable practica suya de oir de noche , y sin luz las relaciones de los pleitos :. *Quo* (dice Erasmo) *non dicentes , sed dun-*

taxat , quæ dicerentur expectarent.

Siendo esto así , tenemos visto
lo primero : que en toda situacion,
y circunstancia es terribilísimo , y
arduísimo empleo el del Juez , para haberle de desempeñar con rectitud , y lo segundo que es particularmente terrible , y no bien conocida , hasta ahora la dificultad
de la absoluta indiferencia en Alcaldes Ordinario. Pues como exer-
ce su oficio en un recinto estrecho;
conoce no solo de rostro, mas tambien de costumbres á todos sus vecinos ; unos le gustan , y otros le
desagradan ; á unos necesita , y á
otros suele deber servicios ; con
unos tiene alguno de los casi infinitos generos de conexiones , ty
alianzas que hay ; y con otros algun motivo de emulacion , y competencia : es no diré ya dificultoso,

so , sino casi del todo imposible falte en muchos cabos en su cora-zon , ese delicado estimulo de que he hablado que le incline mas á uno que á otro de los contendientes, el qual bastará á llevarle sin que lo conozca á varios, y perjudiciales errores.

Atentisimos estuvieron el Alcal-de , y su Asesór al raciocinio del Cura, y como éste le explanase mas, y diese á conocer todo su vigor descendiendo á casos particulares; les hizo tanta fuerza que vinieron á confesar ambos, era suma, y po-co reflexionada la dificultad que el citado Parroco habia persuadido: y el Alcalde añadió ; ¡ y qué siendo eso asi haya tantos empeños, y fa-tigas en el mundo sobre ser Juez, y sobre ser Alcalde! Diga vmd. mas (prosiguió el Asesór) ¡y qué haya

so-

sobre ello tantos pleitos, y discordias, y aun se vean muertes en los
Lugares! Pero no se admire vmd.
de eso : el hombre, animal de gloria, y ciego en el apetito de mandar, y ser mas que los otros hombres, no mira á la superioridad, sino por el semblante alhagueño
que ella demuestra en lo exterior, y de aqui nace que le guste
tanto.

Continuó el Cura sus reflexiones
acerca del modo con que engañan
al Juez esos leves estimulos de aficion, ú odio á los Litigantes, y
dice la Historia que llevado del
aprecio que hacia del Alcalde, le
dixo : que en el mismo juicio de los
Tarugos, podia conocer si lo re-
flexionaba, lo mucho que ellos mo-
vian, y lo mucho que pueden perjudicar. Vmd. (le dixo) en esta, y

en

en todas las ocasiones ha deseado
hacer justicia con imponderable gusto mio, y de todos sus amadores:
pero no obstante esto, cómo quando se le delataron los dañadores
del avenar, oyó vmd. la delacion
con una especie de desagrado ácia
los Tarugos, esto es, con algun re-
cuerdo de sus maximas de dominio
que vmd. tanto aborrece ; de las
competencias, y anteriores disgustos que habia tenido con ellos ; y
de que le hubiesen atribuido la culpa del mismo destrozo : vea vmd.
los engaños en que le hizo incurrir
semejante disposicion. Primeramente le trajo vmd. al yerro de persuadirse á que los citados dañadores habian hecho bien en resarcirse por si mismos del otro daño suyo que no se les habia satisfecho;
y de este concepto equivocado re-

sul-

sultaron los demás errores. Pues si vmd. no lo hubiera formado, como no le formaria si hubiese mirado á los Tarugos sin dicha preocupacion, ó desafecto, hubiera procedido á castigar á tales violentos compensadores como pedia la razon; y asi hecho hubiera sido facil obligar á dichos Tarugos al reconocimiento, y satisfaccion del daño que ellos debian, y administrar justicia á todos sin tantas desazones, y perjuicios como se han experimentado. En segundo lugar lo erró vmd. en ir (llevado de la misma emulacion) á reconvenir á los mismos Tarugos sobre su injusticia, solo, y en su propia casa. Tal reconvencion, y en tales circunstancias, á unos animos habituados en hacer su gusto, y en que los adulen; y por otra parte irritados entonces

por

por el destrozo del avenar, ¿ qué
podia producir sino el desacato con
que trataron á vmd. y poner las
cosas en el pie en que hoy se hallan?

Por último lo erró vmd. (aunque este yerro viene de otro principio) en no haber hecho justicia
á los referidos dañadores del anterior destrozó de sus viñas, inmediatamente que la pidieron : con
lo qual se habria evitado la necedad del que ellos causaron para
resarcirse. Verdad es andaba vmd
entonces ocupado con el lance del
Duende; y que esto le pareció motivo bastante para diferir dicha
justicia, y realmente le puede servir de alguna disculpa ; pero con
todo el oficio del recto Juez, lleva
de süyo el no huir el rostro á los
trabajos, y ocasiones de desempe-

ñar-

ñarle, y por mas que se junten, y
amontonen unas sobre otras; y
particularmente quien hubiere de
exercitar el de Alcalde Ordinario con
perfeccion, ha de mantener la misma infatigable laboriosidad, aunque no espere por ella, como los
otros Jueces ningun premio, (ó as-
censo en esta vida, y mas aun sin
tener como ellos salario, ó renta
que endulce de algun modo la precision de tanta fatiga. Por esto, por
lo que se habló antes, y por otras
muchas cosas afirmo, es sin comparacion mas dificil el ser un perfecto Alcalde Ordinario, que un
perfecto Juez, en qualquiera otra
suerte de Judicatura.

Dixo: Y el Alcalde que era hombre de naturaleza sincéro, y docil,
sin cuyas partidas no fuera él tan
buen Alcalde reconoció, y confesó

los

los yerros en que habia incurrido,
y el estimulo de oposicion á los
Tarugos que los habia motivado; y
deseando enmendarlos en lo posible,
propuso : ¿Si seria bueno sobreseer
en la causa pendiente , y no causar á los mencionados mas extor-
siones ? El Cura, y el Asesór , dixeron : no era justo se hiciese asi;
pues aunque, el hubiese faltado por
inadvertencia en algunas cosas , esto no quitaba que la osadia de los
Tarugos fuese muy reprehensible,
acreedora al castigo ; y que se debiera intentar traerlos al ideado
ajuste , y sumision. Por tanto volvió á resolverse se procurase in-
timidarlos con el proyecto de la
consulta á ver si se daban ; y que
quando se frustrase pensarian algun otro para reducirlos ; y por
ultimo que conseguido se rindie-
ran,

ran , en lo demás, no se hubiese
de proceder con mucho escrupu-
lo, ó rigor.

Asi determinado, y resuelta tambien la cautela de que se debia
usar., se fue el Cura; pero antes
tratandole el Asesor con la misma
amistosa confianza con que habia
tratado él al Alcalde, le hizo ver
que él propio, y sus amigos. Gaspar Fernandez, y el Sacristán,
quando solicitaron con tanta instancia la libertad de los Tarugos,
al verlos ir presos con muestras de
mucha afliccion , se dexaron llevar , contra una oportunisima advertencia de S. Bernardo, del espiritu de lastima, y compasion ácia
ellos ; y que resultando de aqui
otro yerro de dicho Alcalde en
moverse de su suplica; habia re-
sultado tambien la huida de tales
reos,

reos, y el hallarse aun pendientes los disturbios. El Cura dixo „ era esa mucha verdad, y la habia echado de ver poco despues de ocurrido el lance; pero que en orden á resistir esos repentinos, y alevosos movimientos del corazon „ era cosa mas facil el dar consejos á otros, que el tomarselos uno para sí.

Ido el Cura, y quedandose otra vez solos el Alcalde, y el Asesór, se puso éste, en execucion del proyecto ideado para intimidar á los Tarugos, y traerlos al estrecho de solicitar el corte del litigio, á formar un borrador de la consulta que debia enviarse á la superioridad. Compúsole en los terminos mas fuertes, y apretantes para conseguir se retuviesen, y determinasen los Autos en ella, ó á lo menos para

ra que se mandára continuarlos á
la justicia que entrase por año nuevo, y se mandára de modo que no
pudiese dexarlo de hacer. Además
de esto escribió dos cartas á otros
tantos Jueces del mismo Tribunal
Superior, condiscipulos suyos, dirigidas á facilitar dicho rumbo en
la providencia; y dispuestas asi las
cosas, hizo llamar á Carráles, para que pusiese en limpio la citada
consulta, y la cerrára con los Autos, como para remitirlos á dicha
Superioridad. Venido éste, y executado todo según el decreto, le-
yò el enunciado Asesór sus dos
cartas, de modo que las oyese él;
y aseguró al Alcalde no podia menos de esperar de la justificacion
del Tribunal adonde iban los Autos, que sería escarmentada la osadia de los Tarugos. E insistiendo
en

en ello, con mucho ahinco, y vehemencia por un rato : despues pasó á suplicar al mismo Alcalde suspendiese por ocho dias la remesa,
de los Autos, Consulta, y cartas,
á ver si en ellos se reconocian de
su suerte dichos Tarugos, y pe-
dian se cortase la causa, dando la
debida satisfaccion de haber atropellado la Justicia; y que si asi lo
hiciesen, le suplicaba tambien con
atencion á ser uno de ellos Abogado, los tratase con toda benigni-
dad. El Alcalde respondió, haria
en todo como le pedia; que si dentro de los ocho dias pareciesen,
reconocidos los Tarugos, se compondria todo bien, y daba palabra
de que ni aun estarían presos. Pero si no, se reconociesen (añadió
con espiritu) aseguro he de des-
agraviar la justicia, aunque me,
cues-

cueste el ir con los Autos á la Superioridad.

Carráles oia todo esto como con descuido, pero en realidad con bastante cuidado, y aunque hacia del que no le importaba, procuró reservar el borrador de la consulta, para llevar noticias exactas á sus amigos. Dieronle los otros con destreza lugar á que le tomase, y tambien para que copiase en abreviaturas una de las cartas de empeño; pues era la intencion llegase por su medio encarecida la idéa á los huidos; y quando les pareció estaba enterado de todo, disolvieron la junta mandando poner la mesa para cenar. Marchóse Carráles, y como conocia la contsancia, y suma entereza del Alcalde, y del Asesòr; y por otra parte les oyó asegurar con tanto espiritu lo

de

de instar á toda costa el desagravio contra los Tarugos : parecióle
lo harian sin duda como lo asegu-
raban, y que haciendolo, quanto
estos mas dilatasen, y se esmerá-
sen en servirlos sus allegados, sería echarlo mas á perder, ó tirar
coces contra el aguijon.

Pensólo asi en el corto trecho
que habia desde aquella casa hasta la de los Tarugos, adonde se
encaminó ; y entrando en ésta con
aceleracion, y pesadumbre, dió
breve, y puntual cuenta al Lic. Berrucál (que á todas horas estaba
allí) asi de las rigidas é inalterá-
bles determinaciones de los emulos, como de que era preciso en su
dictamen el componer el litigio para precaverlas. Oido esto por el
Presbítero, leidas Consúlta, y Carta, escuchado el concepto de su So-
bri-

20

brina , y con atencion á otros muchos motivos , porque era de desear
volviesen los Tarugos á Conchuela;
se resolvió á pasar en persona á
Irueste á ver si los podia traer;
renegando del cabezudo Alcalde,
que tantos viages , cuidados , y pesadumbres les ocasionaba. Aprobóse por Carráles semejante resolucion , aprobóse tambien por la Abogada , y ultimamente se vino á
aprobar por el Albeitar ; pues entró poco despues de su yerno , á
tiempo de hacer su papel , y echar
tres , ó quatro reniegos , ó pestes
del Alcalde , y de quien le habia
nombrado ; y el Lic. Berrucál procediendo con tantas aprobaciones,
puso en obra su marcha al amanecer del siguiente dia.

Luego que se fue se supo la
ida , y el motivo de ir por todos
los

los vecinos, de lo qual algunos Historiadores cargan la culpa á Carráles, y los mas al Albeitar su suegro; pues afirman que asi como
contaba en casa de los Tarugos
todo lo que ocurria en el Lugar
de la misma manera contaba á
quantos veia todo lo que en ella
pasaba. El Cura, el Alcalde, Gaspar Fernandez, y el Sacristán, se
alegraron de dicho viage, creyendo habia de producir, como
produjo de hecho la vuelta de los
Tarugos, y la transaccion de la
discordia. Por lo mismo se sintieron algunos mal intencionados, que
quisieran estuviesen los hombres
siempre en riñas, y que ninguno
viviese en quietud. Pero unos, y
otros, aun los mas rusticos, é ir-
racionales arguyeron de la novedad, que los citados Tarugos an-

daban caidos en el pleito, y qué el Alcalde los tenia debajo. De aqui pasaron á inferir era mucho mayor la fuerza de la Justicia, que la del orgullo, y el poder, y dieron en apreciar menos al despotismo. Aun el propio Albeitar, no obstante haber tenido aquellos dias un sueño estravagante, que le parecia presagio de que los Tarugos habian de aniquilar al Alcalde, y vengarse de él muy á su sabor (pues soñó que el Abogado le pegaba fuego á la Casa, y que ardian sin poder remediarse, él, y su muger con su familia, y todos sus bienes): al ver el movimiento del Lic. Berrucál conoció, habia sido sueño el suyo; y acordándose de los consejos del referido Alcalde sobre temer á Dios, y no á los hombres, conviñó en que
. . . . era

era el hacerlo asi mucha razon , y
se enfadó consigo mismo porque
obraba tan al revés. Con todo despues del breve rato en que pasaron por su imaginacion estas reflexiones , le vino á suceder lo que
al ciervo de Esopo , y se quedó tan
tonto , y pusilanime como al principio.

LIBRO SEPTIMO.

SUMARIO.

LLega á Irueste el Lic. Berrucál. *Carta de Carráles á los Tarugos. Reducense éstos á volver á Conchuela, y traen consigo al Abogado de aquel Lugar. Conversacion, y desgraciados sucesos del camino. Precision de sangrarse en que se vieron dichos Tarugos al llegar á su casa. Transaccion del pleito. Providencias del Alcalde contra los dañadores del avenar, y contra el Albeitar por su falsa declaracion. Censura de estos juicios. Visitan á los Tarugos el Cu-*

ra

ra , y el Abogado de Tendilla.
Coloquio entre estos , y el de Irues-
te sobre muchas cosas , sobre los
Abogados de los Tribunales gran-
des , y pequeños ; sobre los infor-
mes en Derecho ; defensas en Es-
trados ; excesivo numero de los
que se dedican á la Abogacía ;
perjuicios que esto causa ; y fi-
nalmente sobre los artificios de al-
gunos para lograr dependencias.
En este ultimo particular conclu-
ye el Lic. Tarugo al Cura , y al
otro Abogado. Proyectos de tras-
tornar las proximas elecciones de
justicia. Horribles dificultades que
encuentran para ello dichos Ta-
rugos. Vense precisados á con-
tentarse con que haya de ser Al-
calde el viejo solamente. Aun es-
to les es muy dificil de conse-
guir. Ilustre idéa del Abogado

de Irueste ; acerca de convidar á
cenar al Ayuntamiento. Hay la
fortuna de poderla llevar á execucion con decencia, ó dando otra
motivo para el convite ; y sin mas
trabajo viene por fin á lograrse
el intento.

Pues

PUesto en el camino de Irueste
el Lic. Berrucál, hay alguna
discordia entre los Historiadores sobre si encontró, ó no al Asesór
del pleito, que dexamos en casa
del Alcalde de Conchuela. Muchos
de ellos afirman le encontró de hecho al salir del Lugar, que se iba
al suyo, y que, habiendo estado un
rato en conversacion, disculpó el
Presbítero su falta, ó inurbanidad
de no visitarle, poniendo por causal
la presente emulacion, con el sugeto
que le habia hospedado. Y que dicho
Asesór dandose por satisfecho con
él en esta parte, remachó el clavo en
orden á que serían perdidos sus
amigos los Tarugos, si no se daban
á buenas; mas por el contrario que

si

si se daban como era de creer de
su capacidad, todo se compondria
á su satisfaccion. Aseguran los citados Historiadores hubo este encuentro entre nuestros viajantes, y que
el Asesór cargó tanto la maño en
persuadir al Clerigo la importancia, y al mismo tiempo la facilidad de la transaccion para los Tarugos, que le acabó de reducir á
traerlos de todos modos á su casa,
aunque se viese para ello en el apuro de enfadarse, y hablarles con
vigor. Pero otros Historiadores con-
tradicen con harta verisimilitud semejante encuentro, y conferencia,
fundandose en algunas memorias
las quales dan á entender, salió de
Conchuela el referido Asesór una
hora despues que el Lic. Berrucál.

Como quiera que fuese, pues no
to-

todo es posible averiguarse en sucesos tan antiguos; lo cierto es que nuestro Presbítero llegó á Irueste sin considerable novedad. Apenas se apeó en el portal del Abogado, quando el Lic. Tarugo le oyó hablar, y conociendole en la voz, se asomó acelerado á una ventana, para certificarse si era él. No pudo con todo reconocerle, porque por mucha priesa que él se dió en asomarse, fue mayor la de dicho Presbítero en tomar la escalera, y en un instante entró en la sala adonde se hallaban juntos con el Abogado los dos Tarugos. Rodearonle todos tres luego que le vieron, y él sin darles tiempo á que le preguntáran la causa de su ida, haciendoles sentar, y sentandose, se la contó laconicamente, remitiendo la estension de la novedad, y

la

la persuasiva de que era preciso
se volviesen todos, á una carta de
Carráles, que les dió á leer, y á
los demás documentos que este le
habia confiado, los quales sacó al
punto, y entregó tambien para ser
leidos.

Tomólos el Lic. Tarugo, y
abriendo la primera la carta de Carráles se vió que decia asi. "Muy
»señores mios mis favorecedores, y
» venerados dueños : el señor Lic.
» Berrucál que tendrá el gusto de
» poner esta en manos de vmds. les
» dirá lo que yo he trabajado en
» nuestro pleito con el fin de que
» este cabezudo, y tonto de Alcal-
» de, dexase la vara sin poderle
» substanciar ; y en hecho de ver-
» dad si procediera el juicio por su
» orden, y terminos regulares le te-
» niamos en puntos de conseguir la
　　　　　　　　　　　　　　　　　» idéa

»idéa enteramente. Pero como el
»diablo siempre hace por los su-
»yos, y cuida de desbaratar las
»buenas intenciones, sepan vmds.
»ordenó viniese por aqui el Abo-
»gado de Tendilla, aquel que por
»ser tan terco, y testarudo como
»dicho Alcalde es su perpetuo
»Asesór, y le ha sugerido un me-
»dio diabolico para inquietarnos,
»y para que lluevan sobre noso-
»tros las largas del pleito.

»Este fue una consulta que fir-
»maron para la superioridad tan
»acre, y violenta, como verán
»vmds. en el borrador, que re-
»cogí con bastante trabajo por ser-
»virles, solo para que le viesen;
»y pues en él, y en la copia de
»una de dos cartas de empeño
»con que acompañan dicha con-
»sulta que tambien pude recoger,

y

,, y remito, verán vmds. declara-
,, da toda la idea, y con su juicio
,, y el de ese señor Abogado mi fa-
,, vorecedor, y dueño, en cuya com-
,, pañia se hallan, advertirán me-
,, jor que no yo, si es cosa digna
,, de ser temida : omito el dilatarme
,, en este particular.

,, Solo si les prevengo, que el
,, mismo Alcalde, sentido de los
,, gastos, desea la compostura, y
,, el referido Asesór, no ageno de
,, ella, le instó suspendiese por ocho
,, dias la remesa de la consulta, á
,, ver si vmds. la solicitaban; en
,, respuesta de lo qual dixo este lo
,, haria así, y que todo se compon-
,, dria bien si la solicitasen, sin lle-
,, gar aun al apuro de verse pre-
,, sos: Pero en el caso de no soli-
,, citarla, echaron ambos ternos, y
,, rayos, sobre que lo seguirian has-

,, ta el fin , y atendidas sus cabezas,
,, es de creer que lo hagan. Con
,, que asi me parecia era lo me-
,, jor agarrarnos de la ocasion que
,, nos ofrecen de compostura , ve-
,, nirse vmds. á su casa, quitarse de
,, cuidados , y no el porfiar mas en
,, las presentes circunstancias con
,, una gente tan dura.

,, Por otra parte el año se aca-
,, ba , y si vmds. nos están aqui pa-
,, ra las elecciones , saldrán por Al-
,, caldes los que disponga este hom-
,, bre , á quien ninguno se atreve á
,, resistir. Si la voz del pueblo no
,, falta , seranlo en tal caso Gaspar
,, Fernandez , y el Sacristán , los
,, quales ya saben vmds. quienes
,, son. Vean , pues, por quantos mo-
,, tivos les conviene el venir , y
,, vean que se lo dice quien los quie-
,, re bien. ,, Seguiase un parrafo

lar-

larguisimo de memorias , benevolencias , afectos , y ofertas de amistad hasta la muerte , y se acababa la carta. Leida la qual se levantó el Presbítero para recogerla
con ánimo de quemarla , pues dixo
habia dado palabra á Carráles de
hacerlo asi ; porque no llegára á
los contrarios por ninguna acaso la
noticia de su contenido. Peró aten-
dida semejante intencion por el
Abogado del Irueste, se arrojó con
suma prontitud sobre dicha carta , y
arrebatandosela á su discipulo la
metió en un escritorio , ansioso de
conservar un tan precioso monu-
mento de solidéz , y y certeza de
sus doctrinas ; por cuya diligencia logra la posteridad la fortuna de
verle , y nuestra Historia la de hon-
rarse con él.

Hecho esto con la carta y vueltos

tos á sentar el Presbítero y el Abogado continuó el Lic. Tarugo; le-
yendo el borrador de la consulta
y la copia de la carta de empeño:
y concluidas se pasó á tratar con
grande atencion de los animos lo
que se debia hacer. A pocos debates quedaron reducidos à volverse à Conchuela, y tambien à llevar consigo al Abogado Maestro,
para que terciase en la compostura ; pues aunque es verdad recalci-
traban al principio los Tarugos; y
proponian el sujetarse antes à qualquiera otra fortuna que á la de rendirse de manifiesto à un hombre
como el Alcalde su perseguidor;
con todo reflexionando las criticas
circunstancias de la consulta ; la
falta que hacian en su casa ; el ma-
nantial de dispendios y pesadumbres que el pléito les habia de ser

si

si se continuaba ; el catastrofe de
Conchuela si por no hallarse ellos
alli saliesen por Alcaldes los que
insinuaba en su carta el Escribano;
y otros muchos y poderosos motivos que les supieron ponderar sus
dos colocutores , se avinieron por
fin à dicha resolucion, y el citado
Abogado de Irueste se redujo à su
suplica de acompañarlos.

Cenaron con esto, se acostaron, y
por la mañana se pusieron en camino,
alegre el Lic. Berrucál , no triste el
de Irueste , melancolico el Tio Tarugo , y su hijo enfadado y lleno
de despecho. Anduvieron las dos
primeras leguas sin hablar ni una
palabra los ultimos , por mas que
los otros que llevaban solos, la
conversacion les incitaron á hablar
de mil modos para que se explaya-
sen : pero á puro tocarlos, y reto-
car-

carlos por un lado y otro ya se
despaviló el Lic. Tarugo, y preguntó á su Maestro ¿No decia vmd.
el año pasado, quando nos vimos
en precision de transigir el pleito
del Sacristán, que como yo ase-
gurase la amistad del Escribaño,
tenia seguro el dominio de Conchuela? Pues si esto es asi, ¿cómo
se compone que teniendole ahora
tan de mi parte como vm. ha visto en todos los procedimientos de
la presente causa, y cómo denota
su carta que se ha quedado
allá, no nos hayamos llevado en
los dientes al Alcalde? ¿ó á lo ménos como con tanto auxilio no hé-
mos logrado el aburrirle, y que nos
deje en paz? Mira hombre (respondió el Maestro) muchas veces
lo he dicho, y ahora lo vuelvo á
decir, que en lo tocante á mis documentos, y advertencias, acostum-

Tom. II.   H   bras

bras á olvidarte de lo mas principal. Verdad es te dije en la ocasion que citas esa maxima ó sólido principio, con que me reconvienes ahora: pero tambien te adverti que á los hombres de espiritu, de ardimiento y resolucion, junto esto con alguna posibilidad de moverse, los debia tratar quien aspira al dominio de algun Pueblo, con tanta atencion y respeto como el que te aconsejaba para con dicho Escribano. Supuestas pues estas dos partes ó capitulos de la insinuada maxima mia, es facil la respuesta á tu reconvencion. Porque con tanta ayuda como la de Carráles, no hemos logrado el rejrnos del Alcalde que nos persigue? Porque ese Alcalde es hombre de mucho espiritu, de los exceptuados en mi maxima, con quienes no habla ese arte de los abatir, sino el contrario de tratarles

les con toda atención. Fuera él pusilanime y apocado, y ya verías si le burlabas á tu gusto.

Luego siempre venimos à parar (replicó el Lic. Tarugo) (en que el dominio que se puede adquirir en los Lugares, es solo de la gente flaca despreciable é inutil? Pues para esto quisiera preguntar; ¿para qué es necesario el tener contento á Carràles, ó, que él me ayude á mi? ¿Semejante gente no está domada de suyo sin alguna dificultad ó trabajo? Además de esto ¿no es fuerte desgracia mia, el que en todos los intentos dirigidos á la Superioridad de Conchuela, haya de tropezarme con alguno de esos caprichudos, y vigorosos que me los hayan de resistir? Y que siendo este un Pueblo corto, y por otra parte muy raros los hombres de espiritu aun en los mayores, según

vm. me ha dicho varias veces: ¿con
todo los hayá de haber en él en
abundancia para mi perjuicio? Desgracia és al parecer (respondió el
de Irueste) (pero en realidad la debes considerar por grande fortuna.
Voi á explicarme de modo que me
entiendas.

A dos respetos, ó con dos dis-
tintas caras se puede mirar el dominio de un Pueblo, esto es en acto
ó en potencia como hablan los Phi-
losophos; mas claro ó quando se intenta adquirir y van dirigiendose á
ello los pasos, ó como ya adquirido y gozandole á satisfaccion. El
primer grado es el en que oi tienes
el tuyo en Conchuela, pues vas caminando ácia adquirirle, arrastrando las varias dificultades que encuen-
tras; y en este puede llamarse desgracia el tener que luchar con tantos alentados como vas descubriendo,

do , cada uno de los quáles basta
á suscitar en el asunto una batalla
ó resistencia peligrosa. El segundo
grado es el que tubo tu Pádre en
tu mismo Pueblo , hasta que parecieron en él los amigos de esas hu-
maredas ; el que conservaste y aun
aumentaste tu al principio , hasta
que hizo el diablo riñeses con el Sacristàn ; el que mantengo oyo en
Irueste años hace ; y el que usan en
otros muchos Lugares otras diferentes personas tan honradas como
nosotros : en unos los Curas, en
otros los Escribanos ; en algunos
los Hidalgos , y generalmente en
todos ellos el que excede á los otros
en valor y habilidad : por cuya cáu-
sa son sin duda los mas aptos á
conseguirle *cæteris paribus* los Abogados.

 Siendo esto asi como lo es , debes tener entendido que esa desgra-

cia

cia ó dificultad de que te quejas,
solo es tal desgracia ó solo inco-
moda en el primer grado, ó hasta
adquirir de veras dicho dominio,
no en el segundo ó despues de adquirido ya : antes en este se convierte en felicidad suma como te
decia. Repito que se convierte, pues
hace tanto mas glorioso el manejo
quanto fue mas dificil de lograr, y
quanto es mas digno de estimacion
el mandar y tener subordinados á
hombres de espiritu, que á los que
no le tienen. Y para que compren-
das mejor las calidades de esta segunda ventaja, has de advertir que
lo apreciable de la Superioridad
bien contemplada se mide por él,
aprecio que merecen en si aquellos
á quienes nos constituimos superiores. El manejar bestias como hacen
los pastores, los cocheros, y mozos de mulas, es manejo de ninguna

na consideracion. El dominar é intimidar muchachos propio de Maes-
tros de Escuela y Preceptores de
Gramatica , es empleo mas elevado
por lo que exceden los muchachos
á las bestias , pero no mui apéte-
cible. Mas el dominar hombres que
es de lo que tratamos , cosa tan
apetecida en el mundo , es dominio infinitamente mas apreciable que
esos otros dos. No obstante como
entre los hombres hay algunos casi
tan tontos como las bestias , y otros
tan timidos como los muchachos , es
claro que el manejar á unos y otros
de estos , ni es mas dificil , ni mas
estimable que aquellos dos manejos
primeramente dichos. Por el contrario , como tambien hay hombres
de capacidad y resolucion , á cuyo espiritu no basta á intimidar todo el mundo , quales son esos amigos que va produciendo Conchuela:

H 4 la

la verdadera, gloria y la verdadera
superioridad, será la tuya quando
la logres á su pesar en el teatro
en que se hallan ; y quando llegues
á verlos abatidos en el modo posible.

Atentisimos iban á las razones
de nuestro Abogado, sus compañeros viajantes, pareciendoles que
en ellas se excedia á si mismo, y
que no era posible oir cosas tan
agudas ni tan bien explicadas. Estubieron por tanto muy lexos de
interrumpirle, antes deseaban no
cesase en su largo discurso en toda la caminata. Mas como vieron
hacia alguna pausa al decir las palabras ultimas del parrafo antecedente, creyendo que le habia acabado ya del todo : se volvieron á él
con muestras de tanta admiracion
y regocijo, que vinieron á colo-
rearle á fuerza de elogios y mag-
ni-

mificas ponderaciones de su entendimiento, con que le saludaron. Y
hasta el Tio Tarugo, que venia
hasta alli silencioso, atravesado en
su caballeria; con mas apariencia
de estatua, que de hombre: empezó à hablar alentado, y se enfer-
vorizó de manera en dichos elogios,
que tubo su hijo que cortarle el hilo
por dos veces, porque no se cansa-
se y los cansara. Tanta fue la virtud y energia del razonamiento de
dicho Abogado. El qual poniendo
fin como pudo à los excesivos favores de sus amigos, continuó sus advertencias al Lic. Tarugo, diciendole: debia cuidar en orden al dominio de Conchuela de subir desde
el primer grado tan laborioso y dificil, al segundo lleno de gloria y
dulzura; y que para esto le ayu-
daría mas de lo que pensaba la
amistad de Carráles, asi porque te-
nien-

-dole él à su favor, no le tendrian
los emulos, lo qual era privarles
de un gran recurso en sus idéas:
como tambien porque semejantes sugetos siempre servian de mucho
aun en los lances arduos y deplo-
rables, como se habia experimentado
en el presente pleito.

Bien está todo eso (dijo el Lic.
Tarugo) pero si al fin à estos altaneros y erguidos, no hay que tratar de abatir segun vm. mismo confiesa; qué dominio ó que diantre he
de egercer sobre ellos en mi Lugar,
ahora ni en tiempo alguno? Yo te
lo diré (respondió su Maestro).
Por dominio segun te explicas tú,
vienes à concebir solamente, un
manejo tan despotico absoluto é ili-
mitado, que consista en hacer quanto te dé la gana en todo trance y
ocasion, opongase quien se opusie-
re, y aunque lo resistan unidos to-

dos

dos esos sugetos de valor que la
suerte te ha dado por contrarios:
pero te engañas de medió á medió.
A semejante altura no ha llegado
hasta ahora algun dominante, ni
aun el mismo Gran Turco en Cons-
tantinópla. Debes pues poner mas baja la puntería, y arreglar tus esfuerzos
sobre el mando, de modo que le ten-
gas, y dichos erguidos te ayuden
á adquirirle, lexos de hacerte resistencia en su adquisicion. Para esto
es menester lo primero cuidar de
tenerlos propicios, y huir de consar-
te las ocasiones de desagradarlos.
Lo segundo: no formar empeño contrario al que ellos formen, sino
miradas antes bien las fuerzas y conociendo se ha de conseguir: conocido esto con toda seguridad, no
desperdiciar los lances que ocurran
de irlos dando en la cabeza; lo
tercero tenerlos alejados de la vara
to-

todo quanto sea posible , por ser
ella ocasion de aumentarles el valimiento ; y por lo mismo asirla
con facilidad , pero con algun artificio , y dando à entender se hace con sentimiento y à no poder
mas. Lo quarto , quándo ellos la
tomen (pues no podrá ser menos
alguna vez) esmerarse en su obsequio , y en el zelo por la justicia,
tratarlos con atencion y no à ta-
buretazos como ahora ; y lo que es
á esto consiguiente , quando la ma-
nejes tú, mostrarte ansioso de servirlos. . . . .
En una palabra has de trabajar
por persuadirlos à que serás todo
suyo , y à que no tienen que temer
en tí. De este modo à fuerza de
algun tiempo , necesario para que
se borren de su imaginacion las especies pasadas : ellos mismos iran
aumentando tu poder , y aniquilan-
do

dó el suyo insensiblemente con solo no egercitarle en tu resistencia. Pues como ellos al parecer no buscan el dominio para si, faltandoles esa ocasion de manifestar su espiritu, y atraer las gentes para arrastrarte, te las irán dejando libres para que tu atento al lance las vayas cogiendo poco à poco. Y quando las hayas cogido de manera, que ellos no te las puedan volver à quitar, llegó le época del dominio feliz que vaso buscando. Entonces ya podrás tratarlés con menos contemplacion, aunque siempre con algun tiento.

Aqui llegaba con su discurso el Abogado de Irueste, quando como se hallasen por casualidad en un monte y en una estrecha barranquera que formaba el camino, su mula que iba delante tropezó de improviso con otra caballeria muy car-

ga-

gada de pieles, la qual de resultas de
dos latigazos que acababa de darla su
dueño, venia trotando y metiendo
bastante ruido con dichas pieles
por entre las matas. Ella que de suyo era nueva y espantadiza, y por
otra parte iba entonces mal refre-
nada del Abogado por llevar todos sus espiritus en el discurso, al
sentir el estruendo de la otra, y al
ver las pieles de que venia carga-
da, se asombró de forma, que dando ronquidos, brincos y corcobos
echó á correr precipitada por un
lado de la barranquera, y no paró
hasta arrojar al pobre Abogado á
un espeso zarzal que habia en su
fondo. Lo peor fue que la del Lic.
Tarugo que iba inmediata, y era
compañera de esta en las habilida-
des, la imitó en el espanto, en la
huida y en lo de arrojar la carga,
y vino á dar con él en el mismo.
zar-

zarzal adonde acababa de caer su Maestro. Las del Tio Tarugo y el Presbítero que venian despues y eran mas ancianas y quietas no se movieron , ni alteraron un punto de la novedad.: y fue fortuna lo hiciesen asi , porque con esto pudieron ellos echar pie á tierra con suma prontitud para acudir al socorro de los otros pobres. Acudió tambien el hombre de las pieles causa de todo el mal , y entre los tres lograron extraerlos del zarzal , no sin algunos buenos arañazos, que para ello hubieron de recibir.

Salió el primero el Abogado de Irueste todo molido del golpe y señalado de las zarzas en manos y en rostro; á demás perdido el gorro en la refriega , y hecho pedazos en gran parte el forro del vestido. Salido él , fue sacado el

Lic...

Lic. Tarugo aunque con mayor fatiga , asi porque estaba mas enredado y asido de las zarzas , como tambien porque al caer dió con la cabeza en una peña que estaba allí oculta , y habiendose muy bien descalábrado , fueron tantas las amenazas que vomitó contra el de las pieles , irritado del dolor , que este temiendo no las pusiese en execucion si salia , tomó el camino , y dejó á su Padre y al Presbítero que le sacasen solos. Sacado en fin , y socorrida por primera intencion la descalábradura , atandole un pañuelo del Lic. Berrucàl , acudió el Tio Tarugo por la bota , pareciendole sería bueno echar un trago para acabar de desterrar el susto. Iba esta en las alforjas del Abogado de Irueste , y como la mula era tan viva y estaba aun sobresaltada , al ir á cogerla el buen viejo le ense-

señó las erraduras y amenazó con
ellas de modo que sino se agazapa,
dobla, y encoje tirandose con prontitud, bajo una peña, ella le hubiera quitado de pesadumbres. Con
todo se hirió muy bien al tirarse
contra la misma peña en las espaldas, y por haberse á las cozes cai-
do dichas alforjas, las tomó y llevó á los compañeros medio der-
rengado. Bebieron pues, y emplean-
do algun espacio de tiempo en condolerse de la adversidad, buscar
los sombreros, que fueron harto dificiles de parecer entre las zarzas,
y por ultimo en recoger las des-
carriadas mulas: volvieron á mon-
tar, y sin finalizar el discurso pendiente, llegaron à la vista de Conchuela.

No hay mal que por bien no
venga (dijo entonces el Lic. Berrucál, volviendose á los Tarugos).

Digolo amigos , porque aunque es verdad: ha dado palabra el Alcalde nuestro contrario de que no pondria presos ál vmds: , viniendo como vienen á la compostura del pleito: con todo era posible mudarse de intencion , y se llevasen chasco , lo qual me venia temiendo considerando su tonteria. Pero viniendo vmds. tan estropeados , no creo intente tal cosa ; y quando lo intentára es facil hacer cama por dos ó tres dias, interin andamos los demás por fuera, y se sale de todo. Aprobaron los Tarugos y tambien el de Iruéste el pensamiento de nuestro Presbítero, y aun añadieron que por lo que podia suceder era lo mejor echarse en la cama inmediatamente; y tambien sangrarse : pues sobre que esto no podría ser malo á consequencia de los golpes , ni estaban muy lexos de necesitarlo de veras:

I　　　　　　　　ser-

servíria para precaver la mudanza de dicha intencion , y tambien
para sacar mejor partido en lá compostura , causando alguna lastima
á sus contrarios , aunquë fuesen
demonios. Asi lo resolviéron, y
entrando en su casa por una escu-
sada callejuela, lo pusieron en execucion , llamando al Barbero quien
sangró en el instante despues de
haber picado tres veces á cada
uno.

Llevó este en un punto á todo
el Pueblo la noticia asi de la venida de los Tarugos , como de su
dolencia ; la qual atribuyéron algunos genios astutos y malevolos,
no á realidad ó verdadero accidente que pidiese para su alivio la san-
gria , sino á añagaza y treta para
huir con toda seguridad de la prision. Asi lo opinaron como si se
lo hubieran dicho , al principio so-

los los animos suspicaces , fundandolo en no haberse sangrado el Abogado de Irueste , no obstante oían haber sido mayor su porrazo que el del Tio Tarugo ; y casi igual al del hijo ; y poco á poco fue cundiendo la especie de manera , que al otro dia todos lo daban por sentado : bien que en el público el Albeitar , Carráles y otros muchos lo contradecian con vigor. Con cuyo juicio ó atrevida conjetura , y por tomar ella tanto vuelo , nada ganó el poder y valimiento de dichos Tarugos , antes vino á perder otro pedazo , ratificandose las gentes en que eran mayores que las suyas las fuerzas de la justicia.

Acabáron de persuadirse á ello, luego que observáron la solicitud, la sumision y cortesia con que andaban el Presbítero y el Abogado de Irueste visitando al Alcalde,

mo-

moviendo al Cura, interesando al
Sacristàn y atrayendolos á todos al
corte del litigio, que en tanta expectacion tenia á unos y á otros
animos. Pues en efecto desde el dia
siguiente al de la referida su llegada se dedicaron á ir arreglando las
cosas á ese fin, y tambien lo trabajaron ó anduvieron, que dentro de
otros tres quedó zanjada dicha causa, y quitados de cuidados sus Amigos. Hizose para ello una junta en
casa del citado Parroco á la qual
asistieron todos los expresados arriba, con el Asesór á quien lla-
mó el Alcalde, estè y su compañero Gaspar Fernandez, Carráles y
algun otro Republico mas. Aqui
ofreciendo los Tarúgos todo respeto y obediencia á la Justicia para
en adelante, y disculpando lo pasado con el acaloramiento, que no
todas las veces puede remediar el

hom-

hombre., quedó decidida lá suspension tan deseada de todos , poniendolo por diligencia. Hubo luego algun debate sobre que el Tio Tarugo quería se quemasen los **Autos**, lo qual no le fue posible conseguir , ni tampoco à su hijo ni al Abogado de Irueste ; que tomaron el empeño. despues , el uno con viveza , y el otro con habilidad.

Como uno de los capitulos de esta pacificacion , era el que los Tarugos habian de pagar todas las costas , se hizo un abance de ellas à ver lo que importaban ; y sabido , pretendió el viejo le bajasen alguna porcion , pues le parecieron excesivas. Y en este particular fue algo mas feliz , pues perdonó el Asesór los derechos de las dos ó tres ultimas providencias que se le debian ; pero no feliz enteramente

te, porque Carráles que tenía percibi-
do todo quanto á él le tocaba, sal-
vo el trabajo de la diligencia de dicha suspension, no se acomodó á
volver nada, ni aun á dejar de cobrar esto, diciendo : tenia familia,
y no podia ser generoso en su perjuicio. Viendo esta mezquindad el
Lic. Berrucál estúbo para echarle
en cara la donacion de la Escribanía de peltre, y aun para revo-
carla si cabía ; pero dejó del hacerlo, advirtiendo no era ocasion.
Tambien estubieron para enfadarse
con él los Tárugos y aun el Abogado de Irueste, mas no lo hicieron por lo que les importaba te-
nerles propicio. Sacó pues su bolsa
el viejo y pagando todo lo que
montaban dichas costas, sin la
rebaja de Carráles, salieron del
pleito y de sustos de una vez.
Quando el Alcalde vió en és-

tos

tos términos la cosa , deseando
pacificar todas sus incidencias y
conexiones , sacó una tasacion que
habia mandado hacer algunos dias
antes , de los dos desgraciados daños , el de las viñas , y el del avenar ; y viendo subia el segundo
doce reales mas que el primero,
volvió esta partida al Tio Tarugo
diciendole : quedaba en el cuidado
(para enmendar en parte sus descuidos) de castigar á tales segundos dañadores , de manera , que
otra vez no se tomasen la justicia
por su mano: El Tio Tarugo recibió
el dinero y no quiso hablar ni una
palabra en el asunto. Tampoco la
hablaron su hijo ni el de Irueste , deseosos de no volver á encender el
fuego , antes dieron muestra de levantarse para irse : viendo lo qual
el Cura y el Abogado de Tendilla concluyéron la sesion con una
pla-

platica ó exortacion que dirigieron alternativamente á todos los circunstantes, procurando atraerlos á la union y buena correspondiencia entre si, y á preferir en orden al gobierno del Pueblo el interes público y de la justicia, á todo respeto particular.

Con esto se marchó cada uno á su casa, á excepcion de dicho Abogado de Tendilla, que se quedó con el Cura en conversacion. Idos de allí, el Alcalde á consequencia de su proyecto, puso en la carcel á los dañadores del avenar de los Tarugos, contra quienes empezó otra causa de oficio por el atentado; y aunque se compuso dentro de pocos dias hubieron de pagar una decente porcion de costas que Carráles tubo el cuidado de acrecer; y una multa de quince ducados. Con cuyas

dos

dos partidas que les escocieron lo
bastante no quedaron arregostados,
à volver á compensarse por si mismos de los perjuicios que se les
causasen de qualquier modo que
ellos fueran. Tambien puso preso
dicho Alcalde á nuestro Albeitar
el famoso Morcillas , pareciendole no era razon se fuese riyendo,
de aquella necia y falsa declaracion que hizo en la transigida causa de los Tarugos ; y no fueron
poderosos estos à que le soltase,
hasta que soltó él una tal qual
considerable multa , que pudiese
servirle de algun escarmiento. Estas dos penas se aplicaron por mitad para dar algun principio á los
dos fondos , que debiera haber de
penas de Cámara y gastos de justicia ; y fue nuevo asombro para
dicho Albeitar semejante aplicacion,
viendo no tomaba el Juez un medio

dio tanto mas util , de aplicarse-
las para si ; como habia hecho él,
el año antes ; y como creía aun debian hacer todos. .. el Alcalde o
Pensába el Alcalde ; eran tan
justas y tan necesarias las citadas
dos condenaciones , que no habria
en el Lugar persona alguna indi-
ferente , que no las celebrarai ; pero desengañóse de su juicio una noche por cierta casualidad. Iba de
ronda , y como al pasar por junto
á una casa , oyese muchas voces y
ruido en la cocina , se puso con atencion á escuchar ; à ver lo que era.
A las primeras palabras conoció,
no era riña , sino una contienda ó
disputa acalorada entre varios par-
dales que alli se habian juntado,
sobre la escrupulosa justificácion
de las referidas providencias , nó
miradas en si mismas , sino cote-
jadas con lo hecho al fin contra

los

los Tarugos. No digo yo á v: mds.
(decia uno de los citados. parda-
les á sus compañeros) que nuestro Alcalde no haya hecho bien en
castigar á los del daño de la avena , y tambien al trasto de Morcillas por haber declarado con falsedad. Lo que digo es, que bien
consideradas las cosas ha castiga-
do mas á estos que al Tio Tarugo
y á su hijo , siendo el delito de los
ultimos mucho mayor : pues los primeros al fin ya han estado en la carcel, y pagado algunos quartos de
penas ; pero los otros con la mo-
ñada de haberse sangrado , y por
que son sus mercedes de gorro, solo han soltado lo que iba gastado
en el pleito , sin llevarles los que
es de pena ni aun un maravedi.
Verdad es chico (dijo otro de la
asamblea) y si quando los lleva-
bamos presos de su casa , que yo

me

me hallé alli , y nos los quitaron
el Cura , el Sacristán , y otros que
entraron ; ellos se hubieran estado quietos sin irse del Lugar , ni
hubiera habido pleito , ni les hubiera costado cosa alguna el andar
á golpes con el Alcalde. ¡Dejaos de
eso muchachos (decia otro mas viejo de la misma tertulia cocinesca)
¿no sabeis vosotros, que los ricos
siempre son tratados con otra atencion y respeto que los pobres ?
Creedme habrá rico , que matará á
su Padre si se le antoja, y se saldrá con ella ; y habrá pobre que si
mata un piojo que sea, acabarán
con él.

Hasta aqui oyó de dicha disputa el referido Alcalde ; y entrando
en quentas consigo ; por una parte le pareció, tenian alguna razon
en lo que censuraban ; y por otra,
que no la tenian : pues en el pleito

to de los ?Tarugos sobre; proceder:
en todo con consejo , habia llegá-
do en el empeño de hacerse respe-
tár hasta donde era posible en las
criticas circunstancias de Juez y
Reos. Andubo un poco reflexionando la duda por ambas partes , y
como al fin siempre se quedase con
alguna perplexidad , se volvió à
su casa confuso y melancolico á
tratarla con su Asesór, que aun permanecia en Conchuela , à ver lo que
le decia sobre el caso. Vuelto, y no
encontrandole alli porque el tal Abogado se habia ido á pasar la tras-
nochada en conversacion con el
Cura , se encaminó á casa de éste,
y hallando à los dos juntos les refirió con exactitud la censura que
acababa de oir de las consabidas
providencias. Ellos luego que la
oyeron se miraron el uno al otro,
y nada le respondian acerca de su
des-

desarreglo ó justificacion: Pero estrechandoles él á que le respondiesen, pues deseaba mucho el saber si habia faltado en algo, le confesaron que no iban del todo descaminados dichos censores: advirtiendole lo primero que si otra cosa se hubiera hecho tambien la censurarian. Lo segundo que nó dejaba de ser pena harto considerable y gravosa para los Tarugos el pago de costas, la fuga y atrasos de su casa, y sobre todo el haberles precisado á volver á ella, sangrarse de miedo, é instar con sumision el corte y transaccion del litigio; y que estubiese cierto de que no les habrian obligado á tanto esos mismos censores rigurosos, si se hubieran hallado de Alcaldes en sus circunstancias. Y dijeronle por ultimo: que si todavia se pensaba haber habido algun de-

fec-

fecto en el castigo de los expresados , debia atribuirse á la falta
de proporcion , posibilidad ó arbitrios para castigarlos enteramente en que se vió él , y en que se
veria en igual ocurrencia, qualquier otro Alcalde Ordinario, como no tubiese para gastar bastante
caudal propio.

Válga la verdad (añadió con sinceridad el Asesór.) yo no se que
se tiene el poder, las riquezas, y
las calidades de las personas ; pero se parecen á la adulacion , pues
siempre embelesan , y mueven algo
en la practica aun á los mas rectos , é integros, que desprecian sus
atractivos en la Teórica, ó quando
no se hallan en el apuro. Digo esto porque si alguna culpa en eso
ha habido , la he tenido yo en aprobar las tretas para traer los Tarugos á la compostura , ó acceder á
ella

ella con tanta facilidad como si me-
reciesen gracias por su obra; y no
mantenerme como debia en que se
hiciese la consulta, ó á lo menos
en que en dicha transaccion se les
hubiera escarmentado mas. Si esa ha
sido culpa (dixo el Cura admirado
de semejante franqueza, tan rara
entre los hombres) mayor la he tenido yo, pues fui quien principalmente estimuló á la concordia, y
buen pasage de los Tarugos, como
sabe vmd., llevado de mi deseo de
la paz, y tambien del que tengo
ha muchos dias de ver unidos los
animos de mis feligreses para atraerlos, si pudiere á que traigan un
buen Medico á este Lugar que tan
falto está de él: los quales me hicieron creer iba bien dirigido en
lo que aconsejaba. Mas el Alcalde
cortó el hilo á esas ingenuidades,

admirandolas., y apreciandolas en su corazon, diciendo á los citados Cura, y Abogado, se dexasen de eso : pues una vez que todos habian deseado acertar, importaba poco si acaso sin advertirlo hubiesen errado en algo; y mucho menos el que lo murmurasen los ociosos como les diese la gana.

. Al dia siguiente fue á despedirse de los Tarugos el referido Abogado, á quien acompañó el Cura asi por obsequiarle, como por tocar si salia al caso su deseo de traer Medico á Conchuela, para que le ayudase á persuadirlo, y ver si podian entre los dos inclinar aquellos animos á un empeño tan justo. Entrando en dicha visita fueron recibidos con toda atencion, y urbanidad del Lic. Tarugo, y de su Padre, y no menos del Presbítero, y del

del Abogado de Irueste, que estaban con ellos en conferencia. Dió-
se el primer rato á generalidades,
y recíprocas expresiones de buena
crianza , y pasado él ; se tocó otro
punto , porque como eran notorias
las pretensiones de dicho Abogado
de Irueste , se vino á hablar de
ellas , y él que ibá ya perdiendo la
esperanza de conseguirlas , dixo: tenia experimentado le hacia mucha
mala obra en el asunto esto de ser
Abogado de Lugar. Porque sepan
vmds. señores (añadió) á los Abogados de los Lugares los miran los
de los Tribunales mayores como á
animales de otra especie inferior á la
suya , como á sincapaces de com-
petirles en nada ; y aun sino me engaño como á gente baja, ó por lo
menos despreciable , é inutil para
todas las cosas ; y de esta aprehen-

sion que poco á poco se ha ido
difundiendo en otros animos resulta en el dia una tan grande desigualdad de fortuna entre ambas
clases de Abogados , que los unos
nada hay que no merezcan , ó puedan conseguir ; pero los de Lugar
solo son aptos en una , ú otra ocasion para las infelices Alcaldias mayores de Señorío , ú otros destinos
semejantes , que llevan tras de sí la
pobreza , el abatimiento , y desgracia de sus poseedores.

- Eso consiste (dixo el Lic. Tarugo , antes que hablase otro) no solo en la aprehension , ó concepto
que vmd. explica , sino tambien en
que ellos viven en la fuente , y tienen muchos mas medios de acre-
ditarse de habiles que nosotros, pues
hablan en estrados , y hacen papeles en Derecho en algunos pleitos,

tos, los quales se imprimen, que
son dos conductos, ò sendas para
llegar á la fama que no tenemos
acá. ¿Y qué te parece á ti (replicó
su Maestro) que si á nosotros nos
mandáran hacer esas defensas en
estrados, y esos papeles, ò alega-
ciones en Derecho, no las hariamos
tambien como ellos lo executan, y
si me apuras acaso mejor? No
digo yo que nó (respondió el Lic.
Tarugo) pero como por desgracia estamos en situacion, en la qual
no podemos dar muestras de nuestra habilidad en esa parte, nos falta aquel universal credito de doc-
tos que los otros consiguen dando-
las, y nosotros conseguiriamos pu-
diendolas dar.

Ya pareció al Cura, era tiempo
de que él, y su socio hablasen, y
dixo á los otros que su disputa no

me-

merecia la pena de gastar tiempo
en ventilarla , pues en los Tribunales bajos como en los altos hay
á vuelta de algunos Fociones , y
Aristides ; Marcos Antónios , y Ati-
lios Regulos , ó diferentes discipulos suyos. Esto es , en todas partes
hay buenos Abogados ; y hay los
malos tambien , pues el verdadero
merito de quien exercita la Abogacía , depende de sus talentos
aplicacion , y prendas las quales
no están aligadas al territorio adonde le pone la fortuna á lucir , ó á
ser obscurecidos ; aunque por otra
parte no se puede negar conduce
algo la misma situacion alta , con
la variedad de exemplares de estimulos, y de objetos sublimes que sub-
ministra para hacérse habil , y adquirir merito , y la baja con la falta de
todos esos auxilios , para darse á la
inac-

inaccion, y dexarle de adquirir.
Bajo cuya regla es sin disputa que
en igualdad de prendas, y talentos debe creerse mas benemerito
el Abogado del Tribunal superior,
que quien lo sea en algun estrecho
recinto, ¡ò infelíz Lugar! pero si
el segundo excediese al otro en
aquellas ventajas es seguro le excede en el merito, y debiera pre-
ferirle en los premios, y elevaciones de la fortuna.

Mas el que así no se haga, ni
aun haya esperanza de verlo en algun dia, consiste lo primero, en
no ser tan facil de dar á conocer
el merito de los unos Abogados como el de los otros; lo segundo:
en que todavia es mas dificil á los
primeros el introducirse en la gracia de los Mecenas, ó dispensa-
dores de los destinos; poderosos pa-

d

ra

ra elevarlos ; lo tercero : en otros
muchos, principios (que no todos
se pueden explicar) que producen
la misma desigualdad en la Iglesia,
en la Milicia , en el Estudio , y en
todos los demás estados , ó carre-
ras del hombre ; y lo quarto en
que hay pocos de los repetidos Mecenas solicitos en buscar al merito, por todas partes adonde le pudieran hallar, ó tan zelosos de aten-
derle como nos pinta Claudiano á
Estilicon :

> *Lectos ex omnibus oris*
> *Evehis , et meritum numquam*
> *cunabula quæris.*
> *Et qualis non unde satus.*

Aprobóse este discurso por el Abogado de Tendilla , y tambien por
los Tarugos , y el de Irueste, y apro-
ba-

bado, se suscitó la duda ciertamente
ardua, ó dificil de resolver, ¿de
adonde, se veian mas ridiculeces, ò
extravagancias en algunos Abogados: si en los territorios pequeños,
ó en los grandes? Acerca de la qual,
el expresado de Tendilla defendiendo á los suyos quiso persuadir, no
eran comparables las ridiculeces ob-
servadas en los menores, con las
que podian observarse á poco trabajo en los superiores á dellos que
respiran explendor, y felicidad. Procuró esforzar su intencion con los
mismos informes en Derecho, y defensas en estrados que habia tocado el Lic. Tarugo, haciendo ver
que la mayor parte de quantos andaban impresos de los primeros,
venia á reducirse á una estraña, y
confusa mezcla de latin, y romance, atextada además á cada pagi-
na,

na, á cada numero, y á veces á cada linea, de tanto monton de citas, de tanto farrago inutil, y de tanto en fin pedantisimo despreciable, que no es posible los lea con serenidad quien sepa lo que es literatura, y el buen gusto en la erudicion.

Sobre las defensas, ó peroraciones en estrados, dixo: habia oido una excelente en cierto negocio criminal, á D. Andrés Saenz de Durango nobilisimo Abogado de Valladolid, (y defendiendo á unos reos; que es el mas delicado empeño del Orador, por testimonio de Quintiliano): y que no dudaba se oirian algunas otras como ella cada dia; pues era notorio exercitaban la Abogacia en los Tribunales superiores algunos hombres doctisimos, ó capaces de perorar bien. Pero á vuelta de estos, abogan otros los qua-

les

les afirman como cosa sentada, que
está prohibida en el Foro la eloquencia; otros que mezclan en sus
peroraciones, coplillas de la jota,
y del caballo; algunos que atextan
de vulgaridades, de citas, y latines
semejantes defensas; del mismo modo que sus informes en Derecho;
y muchos en fin que se destinan á
Oradores, sin la decima parte del
estudio aplicacion, y entendimiento que se necesita para desempeñar bien el cargo que toman. Vean,
pues vmds. ('concluyó dicho Abogado) si por esos principios faltará por allá porcion de puerilidades,
y ridiculeces; y si podrán ser comparables á ellas nuestras infelicidades, ó extravagancia!

Quisieron replicar el Lic. Tarugo, y su Maestro, no á la conclu-
sion, sino á las premisas de tra-
tar-

tarse de pedantisimo , y puerilidad
los casi infinitos textos , y autorida-
des , de que veian empedrados los
informes en Derecho ; lo qual á ellos
les parecia era el mayor primor
de iqualquiera composicion litera-
ria, y el medio mas seguro para
conocer el ingenio , sabiduria , y
realidad de merito de los Escritores : y. de hecho empezaron á hablár
uno , y otro para establecer su dictamen. Mas el Cura , viendo daban
muestras de ir muy largos, con el
raciocinio , cortandoles con destreza, y volviendo al tocado por el
Abogado de Tendilla como se ex-
taba sin decidir, dixo : que por gran-
desique se discurriesen las rarezas
insinuadas por él , que eran ciertas,
y otras diferentes que se podrian es-
pecificar en los mismos territorios:
nunca igualaban en su genero á las

que

que se practicaban con repeticion en
el uso de la Abogacía en los Lugares.

Para que vmd. lo reconozca asi
(prosiguió) bastará reflexione lo primero: que todos los defectos nota-
dos en esos informes en Derecho, y
en las peroraciones, ó defensas en
estrados, se verian tambien en los
Lugares, y con mucho exceso en la
calidad, y en el numero, si en ellos
se hallára introducido el hacerlas,
como se acostumbra allá. Por lo
menos yo no he visto alguno de dichos trabajos tan chabacano, y despreciable, como lo son diferentes
alegatos de bien probado, y otros
desatinadisimos escritos, que se ven
por acá en los pleitos con frequencia. Lo segundo: en los otros Tribunales, aunque los Abogados se
miren con alguna emulacion, como
su-

sucede regularmente: en los escritos, en las defensas, y en toda ocasion se tratan con urbanidad y con
atencion debida á sus Ministros., á
sus personas , y aun á todo hombre
bien criado. Pero por acá suelen
tratarse de barbaros, y locos, gas-
tando ridiculamente en ello el papel en vez de emplearse en acre-
ditar la justicia: de modo que parece uno de los principales cuidados de semejantes facultativos , el
de deprimir á otros para ensalzarse
á sí siquiera entre los necios.

¿Aun fuera de los pleitos, en las
conversaciones privadas quando se
toca la especie, sobresale fatalmente el mismo conato. Rarisimo
hay que con poco que le inciten no
se pondrá de proposito á condolerse, ò á reirse de la ignorancia desaplicacion, ò inutilidad de los demás

más Abogados de la tierra; y solo
uno conozco que imita en la linea,
la embidiable sinceridad de Esqui-
nes, quando confesò en Rodas ser
superior al suyo el merito de su
grande emulo Demostenes, ó haberle excedido en cierta oracion.

Además de esto en todos los defectos que vienen de la ignorancia,
ó falta de estudio, exceden sin controversia los Abogados de Lugar á
los de los Tribunales mayores; pues,
aunque tambien en estos los hay ig-
norantes, é inutiles segun vmd. ha dicho; y aun lo son excesivamente algunos, si creemos á la bellisima
pintura que nos da de ellos el ingenuo, y agudisimo Aurelio Ja-
nuario: ¿ quién negará con todo,
que sea mas comun y mas grande
esa lástima por acá? Conozco yo
Abogado de quien me consta ha-
ber-

berse empleado en la Universidad
solos dos meses ; otro que teniendo
entre sus pocos libros un tomo del
Digesto, vivia en la satisfaccion de
que eran las Leyes de las Partidas;
y se que hay otros muchos los quales
con los mismos principios al poco
mas, ó menos , meten ruido por el
mundo, y defenderian, si se ofreciese
la humanidad de Sila, la piedad de
Neròn., la moderacion de Caligula,
ó qualquier otro punto igualmente
arduo, y dificultoso.

Ni se juzgue que estos son hiper-
boles, ó ponderaciones ridiculas. Si
yo dixese lo que vi pasar en los pleitos en el poco tiempo que exercité
la Abogacía, se veria eran realida-
des todas, y se admirarian los bien
intencionados. Vi pleito en el qual,
por un delito de poca consideracion se pedia por el Abogado del
que-

querellante, destierro contra el reo,
otro contra sus hijos por serlo de tan
mal Padre, larga prision, estre-
chéz, y cuidado para sus nietos, y
aun faltó poco para pedir la ruina,
y aniquilacion de todos sus succesores, ó parientes. Vi mas que no
he visto. ¿ Ni cómo pueden faltar
á vmd. experiencias de disparates?
Dexolo, repitiendo solo que esto
no pasa en los Tribunales supério-
res, y si alli se viera no es de creer
quedase sin castigo ; pero aqui cor-
re impune, y es regular siga corriendo á lo menos hasta que se in-
troduzca la practica de castigar con
mano fuerte en todas partes las ini-
quas defensas de los Abogados, como lo deséaba Cicerón tantos siglos ha.

Torcieron el rostro al oir al Cura el Lic. Tarugo, y su Maestro,

y

y se desagradaron conocidamente el
Presbítero , y Tio Tarugo. Iban todos á romper de golpe en que eran
disparatazos quantos acababan de
oir ; pero reportandose por entonces todo lo posible dieron lugar de
responder al Abogado de Tendilla.
El qual conociendo por una parte
la solidéz del discurso del citado
Parroco , y no queriendo por otra
mudar tan pronto de opinion , con-
confesò lo primero ser muy ciertas , y ridiculas las especies que se
le habian tocado , disculpandolas
empero de algun modo con la fatal muchedumbre de Abogados que
se encuentran por desgracia en todas
partes. Plaga (decìa él) parecida á la
de las ranas de Egipto , la mas perjudicial á la Justicia, productiva del
descredito de nuestra profesion , y
de esas , y de todas las demás re-
di-

diculeces por las quales somos cen-
surados de los hombres de bien. Pues
en efecto como ellos son tantos no
hay ni puede haber en territorio alguno copia de dependencias para
todos, y de aqui resultan las ansias
de verlas venir, las infelices solicitudes para atraerlas; los varios,
y lastimosos artificios que se han
descubierto hasta ahora para ensal-
zarnos, ó dar apariencias al merito; las innumerables tretas para
alargar las causas, ó sacar de ellas
mas utilidad, y ruido de lo justo;
y generalmente la desaplicacion, ignorancia, y todas las inutilidades
de varios profesores, que acaba vmd.
de explicar. Deme vmd. reducidos
los Abogados á una decima parte de
su número; y estos, pocos probados
en las costumbres, antes que en la
literatura; y yo le daré mejora-

L 2 das

das sus infelicidades acá , y allá.

Nostra foret sors grata magis;
   nec dicere multi
Auderent, nocuum nos genus esse
   sibi,
Da paucos, dabis egregios: rem
   copia vilem
Reddit. Quod rarum est, id solet
   esse bonum.

Quiero decir en esta misma huida de la disputa al parecer, me
hacen fuerza esas reflexiones, y
exemplares, juntando á ellos otros
diferentes que tambien se yo. Quedemos pues en que hay miserias, y
ridiculeces abajo, y arriba; y en
una, y otra parte quien no las causa, antes las huye con generosidad. Sirvanos la experiencia de esta fortuna de consuelo, ó alivio en
                         el

el otro daño ; y sea compensacion
del perjuicio de los malos Abogados, el beneficio que traen á los
hombres los buenos.

Ratificóse por el Cura este mismo deseo de su parte, y vino al fin
á establecerse excedian en las puerilidades los Abogados de las Cu-
rias chicas á causa de su muchedumbre, y no verse jamás sobran-
tes de dependiencias. Mas no quedó
tan executoriado el punto que no
sea licito á qualquiera el traerle á
un á nuevo juicio, ó decision, si le
diere la gana : pues no se conformaron con él, antes le protextaron
el Abogado de Irueste, y su discipulo el Lic. Tarugo : pasando así
á sus parientes, ó succesores el derecho de controvertirle nuevamente siempre, y quando quieran.

So-

Sobre la sumision, é inferir dependencia, en que se acostumbran á vivir unos, y otros Abogados, especie que se tocó la ultima, pareció de pronto grande la dificultad de haber de averiguar el exceso. Pues reflexionando por una parte lo que pasa en los Lugares con los Abogados, particularmente si se ven en necesidad, en orden á tener propicios á los Escribanos, Alcaldes de las inmediaciones, Curas, y en una palabra á todos aquellos en quienes se ve alguna esperanza aun remota de dar que trabajar algun dia; y cotejandolo por otra con lo que hacen los de allá especialmente á los principios para introducirse en la gracia de los Agentes, y Procuradores: dudóse con mucha razon, á quienes se debia preferir en quanto á la infeli-
ci-

cidad de esas sumisiones, artificios, rendimientos, y dependencias. Mas al fin se atribuyó el exceso á las alturas, advirtiendo empero, que casi se les empataba en las inferioridades. El Abogado de Tendilla protextó entonces lo mucho que abominaba él esos miserables artificios, y como nunca se habia podido reducir á usarlos. Y el Cura añadió: que si se consideraba en primer lugar lo comunes que son, ó el termino de necesidad á que los ha elevado el abuso; y despues quanto ellos desdicen de un noble animo, ó quanto los resiste un grande corazon: se vendria á conocer la certeza de esta su maxima. El mas infeliz, y lastimoso objeto es un docto, é ingénuo Abogado, falto de medios, y de ocupaciones, precisado en algun modo á buscarlas: y el mas ridiculo, el

L 4   que

que sabe atraerlas con todo genero de reclamo sin costarles dificultad; ó el que: ▪ · ⸱ ⸱ ⸱ ⸱ ⸱ ⸱ ⸱ ⸱
⸱ ⸱ ⸱ ⸱ ⸱ ⸱ ⸱ ⸱ ⸱ ⸱ ⸱ ⸱ ⸱

    Circumbolitans ingrata poten-
⸱ ⸱ *tum.* ⸱ ⸱ ⸱ ⸱ ⸱ ⸱ ⸱

   Limina, vel servis ipsis blandi-
     tur, enitque ⸱ ⸱ ⸱ ⸱

   Imperium misero famulatu. ⸱ ⸱
⸱ ⸱ ⸱ ⸱ ⸱ ⸱ ⸱ ⸱

   Volvieronse á enfadar con esto
el Abogado de Irueste, y el Lic.
Tarugo, y el primero dixo: que
por qué se habia de tratar de ri-
diculéz en los Abogados, la habilidad, ó maña para llamar ácia sí las
dependencias? ¿Es mas eso que
obrar como diestros buscando lo
que necesitan: arbitrio, ó recurso
que enseña á todas las criaturas la
misma naturaleza? ¿Pues por qué
se ha de calumniar á los Abogados
                       tra-

tratandolo en ellos como punto de menos valer; ó despreciable pueri- lidad ? Desea el buen soldado la guerra por ascender: busca el Ar- tista ocupaciones en su oficio por trabajar, y ganar con ellas lo ne- cesario para pasar la vida: anhe- la el Labrador por el buen despa- cho, ó venta de sus esquilmos; y generalmente todos los hombres so- licitan con eficacia (á no ser ne- cios, ó muy descuidados) su subsis- tencia, y sus aumentos con poner en movimiento los muelles capa- ces de producirlos, y de donde los pueden esperar : y todos ellos son laudables, lejos del reprehensibles en hacerlo asi. ¿ Por qué pues se ha de abominar en el Abogado, lo que se aplaude en los que no lo son ? ó los empleos de Judicatura ?

Añada vmd. (dixo el Lic. Taru- go)

go) otros similes mas hondos , mas
incontrovertibles , y tambien mas
oportunos, para convencer de disparate la platica anterior. Vengan
vmds. acá (mirando al Cura , y al
de Tendilla). Si no es bueno en los
Abogados el buscar los pleitos, como ahora oigo , porque antes ellos
debieran ser los buscados , que es lo
que vmd. quiere decir en substancia : tampoco lo serian otras diferentes solicitudes anteladas , ó al
reves no de como debieran serlo,
que se ven cada dia por el mundo?
¿ Las mozas v. g. no suelen antici-
parse, y buscar los novios sin aguardar que estos las busquen á ellas?
¿ No sucede mucho de lo mismo con
los Predicadores de Cofradia , y los
Sermones que desean predicar? ¿En
los empleos de Judicatura , en los
Curatos , en las Mitras , y general-
men-

mente en todas las Dignidades, ò
Puestos de que debieran los hombres huir, quántos huyen? O por
decirlo mejor ¿ quántos hay de ellos
que no sean pretendidos con grandisima solicitud? Pues aquí de Dios,
y de la justicia, si esto es asi, y
pasa, ha pasado, y pasará mientras
haya en la tierra hombres necesitados, ó deseosos de crecer: ¿ cómo puede reprehenderse el mismo
achaque en los Abogados, ni tampoco el impedir su continuacion
mientras haya Abogados, y mientras haya pleitos?

Tomate esa (dixo entonces el Lic.
Berrucál) y dixolo con tal palmoteo,
carcajada, y otras demonstraciones
de alegria, que aun el mismo Lic. Tarugo volvió el rostro á mirarle, creyendo hacia burla de él. Pero engañóse en su juicio, pues antes era
to-

todo vitores, y regocijo de su triunfo, por pensar había atacado enteramente al Cura con los similes, y dexadole sin poderse rebullir. El Tio Tarugo lleno de babas, de lagrimas, y de mocos, dió dos pasos ácia su hijo en la misma inteligencia, ansioso de abalanzarse á él, y estrujarle entre sus brazos de puro gozo: el Abogado de Irueste deteniendole, se alegró en su corazon del discurso, y del adelantamiento de su discipulo. Mas el Cura, y el otro Abogado al ver estas simplicidades; y pareciendoles no era cosa de alargar mas la conversacion en responder á los similes; ni hallando tampoco oportunidad de tocar el punto del Medico: al principio se miraron uno á otro en acto de suspensos, y admirativos; despues se riyeron, y acompa-

pañaron el regocijo de sus colucutores; y por ultimo se despidieron
de ellos, y se marcharon. Con cuya idéa se ratificò mas el concepto
del Tio Tarugo, y del Presbítero, de
que el Lic. Tarugo los habia atur-
rullado, y á poca chacota, y reflexiones que sobre ello tuvieron,
vinieron á convenirse en que era
mas sólida, y menos charlatana la
ciencia de éste, y de su Maestro;
y que qualquiera de los dos no tenia con los otros dos juntos para
empezar. Aprehension que se aprobò por el Albeitar, y por otros muchos parciales, luego que tubieron
noticia de lo ocurrido; y aunque es
verdad se despreciò por otros menos aficionados, y aun la riyeron
altamente, condujo por lo favorable
á volver los Tarugos sobre sí, á ase-
gurarse en sus idéas; y á que se olvi-
dà-

dáran del todo de los disgustos anteriores.

Condujo tambien para facilitar el
trastorno, ó variacion en parte de
las proximas elecciones de justicia;
pero lo que mas en esto hizo fue la
permanencia alli, el gobierno, y direccion del Abogado de Irueste.
Desde que se logró la compostura
del pleito que en tanto cuidado
puso á todos, habia habido continuas conferencias en casa de los Tarugos, sobre el modo de manejar-
las, y sobre las personas en quienes se debia permitir que recayesen. Fueron varios los dictamenes, grandes las dudas, y muchos los ratos en que estuvieron
con absoluta irresolucion los con-
ferentes: mas al fin empezaron
á proyectar. Carráles opinó un dia
era lo mejor, volviesen á ser Al-
cal-

caldes el Lic. Tarugo, y su suegro, el Albeitar, haciendo ver no tenia esto otra dificultad, ni mala aparriencia, sino la de no estar residenciados, ni haber cumplido el hueco correspondiente; pero eso q(dixo) nada importa, mientras no haya quien reclame en la superioridad (que aqui no habrá de seguro) ni será cosa que no se ve en otros Pueblos cada dia.

Tomó bastante partido tal propuesta entre los de la Tertulia, asi por declararse á su favor el Presbítero, como por no resistirla los mismos candidatos; y de hecho subsistió muy valido por dos horas, que ese era el Norte adónde se habia de ir. Pero reflexionandolo mejor el Abogado de Irueste, hallò se podia temer por los sucesos pasados,

no

no faltase quien por darles bofeta-
da recurriese arriba á quitarles las
varas ; y que si asi sucedia, perderian de un golpe lo que se pensaba
hacerles ganar de estimacion. Pensóse por tanto que, supuesto debia
ser Alcalde un Tarugo ,)pues esto
era preciso en el actual orden de
sus asuntos , y de sus idéas , debia-
lo ser el Padre , y no el hijo : lo
primero, porque asi se quitaba el inconveniente , ó mala sonadía que se
ha insinuado , dexando su eleccion
irreprehensible á la vista , ó censura de todos ; y lo segundo , porque
lo que era para mandar , é ir esta-
bleciendo en su casa el apetecible
dominio , ¿qué diferiencia podria
haber en ser tal Alcalde el viejo, ó
el Licenciado ? Antes bien se compondria asi el mandar los dos quanto les diese la gana : el Padre con
su

su oficio de Juez, y el hijo con el de su Asesòr, y director perpetuo en todas las cosas.

Fue oida con singulár aplauso esta sutíl idéa, ó proposicion del Abogado de Irueste, y se aprobò incontinenti por todos: pues aunque el Tio Tarugo no queria ser Alcalde por entonces, por quedar en aptitud de ser abastecedor, ú obligado de carnes; le hicieron ver lo uno, que para eso del mismo obstaculo serviria en rigor, el que su hijo fuese el Alcalde, y no él; y lo segundo, que todo se podria remediar con poner dicha obligacion en un testaferreo de fuera del Lugar, ó con otros arbitrios que se pensarían quando llegase el caso. Esto, si se viese que las gentes se querrian aprovechar de semejante delicadeza, pues acaso no lo harian

co-

como se verificaba en otros muchos
Pueblos. Quedò , pues , allanado
el Tio Tarugo á ser Alcalde , y se
empezó à discurrir sobre el compañero , que se le debia dar. Faltó poco para ser elegido á tanta
dignidad nuestro Carráles ; y aun
hay Historiador que afirma lo hubiera sido en efecto , á no ser por
la mezquindad que usó en el lance de las costas , que no se habia
olvidado ; por la qual estaban algo sospechosos de él , todos los que
podian pensar en hacerle la gracia. Tratóse de otras muchas personas que poner en el puesto , ob-
sequiosas y serviciales de los Tarugos ; y como al fin no pareciese alguna que agradase del todo , se dejó el punto para visto á solas con mas espacio y reflexion.

Disuelta la tertulia empezaron
ca-

cada uno por su parte; los Tarugos, el Presbítero, el Albeitar, y también el mismo Escribano, á ir muniendo ó tanteando los animos del Ayuntamiento actual sobre la decretada eleccion del Tio Tarugo; pero encontraron desde luego terribles dificultades, aun en aquellos individuos dociles y afectos á la casa, en quienes no las aguardaban por lo mismo. Consistian estas en dos cosas. La primera, que el Alcalde estrechador de dichos Tarugos, tenia proyectado mucho antes, como Carráles habia traslucido, el que recayese la Jurisdiccion en Gaspar Fernandez y en el Sacristàn, por ser personas aptas á desempeñarla bien por sus luces, realidad, y buena conducta: por cuyas prendas trayendoselas muchas veces á la memoria á sus compañeros, y estimulando en ellos el aprecio y re-

co-

comendacion que llevan consigo,
había logrado reducirlos de veras
á su pensamiento de que éstos, y
no otros hubiesen de ser los Alcaldes. La segunda tambien se origi-
naba de aquí: Pues los demás oficiales resueltos á complacer al otro
en ese punto, estaban unidos entre sí, y tenian tratado sacar á su
gusto, medida, y satisfaccion, todos
los otros miembros del futuro Ayuntamiento que se esperaba; habiendose obligado para ello de ayudarse mutuamente con los votos. Y
teníanlo todo tan bien prevenido ó
estajado, que los Régidores y los
Alcaldes de la Hermandad se habian obligado por medio de un papel de votar para Procurador á un
hermano del otro Alcalde, para
Alguacil á un dependiente suyo, y
para una de las Regidorias á un
cuñado del Procurador Sindico del

dia; y vice versa, estos habian otor-
gado obligacion de hacer con sus
votos, que recayesen las Alcal-
días de la Hermandad, y la otra
Regidoría, y en tres primos de
aquellos, por no tener hermanos:
y además, estipularon unos y otros
de ayudarse con tales elegidos, y
con los de su faz que estos nom-
brarían despues, para ver en sí
propios los empleos de Alcaldes
ordinarios lo mas pronto que fuese
posible.

Estos canyalaches que tenian
dispuestos (sobre los quales no poco hablaron el Cura, el Abogado
de Tendilla, y el Sacristán) venian
á producir la mayor dificultad contra la idea de los Tarugos; pues
como todos los vocales tenian algun particular interés en hacerlos
subsistir; y en no consentir en las
elecciones novedad que pudiera
M 3 al-

alterarlos: resistian como diantres
los émbites de parte de dichos Tarugos, en quanto á la proyectada
Alcaldía del viejo. Viendolo ellos
asi, juntándose otra vez á conferencia con el Abogado de Irueste
y con el Presbítero, como falta-
sen solos dos dias para dichas elecciones, temerosos de perder el lance, vinieron á resolver lo primero, á no intentar se innovase en
ellas en quanto á los Regidores,
Procurador Sindico, y demás prevenidos en los canvalaches; asi
por no desagradar á los nomina-
dores que los tenian dispuestos, como porque ni ellos eran muy malos para sus cosas, ni semejantes
oficios eran de grande momento
para lo que se iba á buscar. Y se
resolvieron lo segundo á permitir
tambien fuese nombrado por Alcalde el Gaspar Fernandez, tan de-
sea-

seado del otro , porque en quanto
á este hallaban absolutamente invariables á todos los electores : llevando solo el empeño á quedar
en la otra Alcaldía el Tio Tarugo , y repeler de ella al Sacristán.

Van contextes todos los Historiadores en que el resolverse á tanto fue á mas no poder , y por haber conocido en la liga y constante adhesion de los vocales , que si
querian mas gollerias , no habian
de alcanzar ni aun esa. De aqui se
inferirá lo uno la diminucion que
iba padeciendo su poder con las
proezas del Lic. Tarugo , cotejan-
dole en esta epoca con el que tubieron en las otras elecciones , en
que este salió por Alcalde , y lo
otro la infelicidad de unas personas honradas , suplicando con rendimiento á gente inferior , echada

de

de cabeza en nó. dar gusto. Ello
es , que les costó no poca pesadumbre su allanamiento en orden
á Fernandez , bien que procuró
alentarlos el Abogado de Irueste,
haciéndoles ver importaba poquisimo , que este fuese Alcalde , sién-
dolo también el Tio Tarugo , y
cuidando de tenerle á raya , ó ais-
lado sin algunas fuerzas ; lo qual
sucediera cogiéndole bien cogidos
todos los del Ayuntamiento que entrase , sin dejar ni uno solo que
pudiese ponerse de su favor en las
competencias. Pues en tales terminos nada podria obrar por si , y
en disposicion semejante de no poder , produciria su empleo en los
Tarugos no motivos de temerle,
sino antes tratarle con amistad ; y
usando con él las instrucciones,
que en el camino les habia dado,
hacersele propicio para siempre.

So-

Sosegóse tal qual con esto la
alteracion de los animos; con que
se pudieron tirar algunas lineas
ácia el nombramiento del viejo Tarugo, y tántear lo que podia esperarse de los vocales referidos,
sobre este punto solo. Pero como
encontrasen aun en tanta moderacion de deseos, mayor resistencia
de la que habian imaginado: pas-
mados de la dureza y de la inurbanidad de tales hombres; fue menester venir con ellos á las inmediatas, ó atacarlos por otra
parte.

Digo que se dispuso por consejo y direccion del Abogado de
Irueste, convidarlos á cenar la noche anterior al dia de la entrega
de oficios; á ver si agasajandolos
asi, y tratandoles con llaneza y
familiaridad en el lance; junto con
las insinuaciones, las promesas, y
las

las suplicas disimuladas , que el mismo daría ocasion para hacerles; se les lograba movèr á la; razon, ò atráherles,siquièra á ese justo y moderadisimo deseo... Aprobado el arbitrio, en la absoluta falta de otro en que se veían , y ordenado tambien, que la cena hubiese de ser explendida y abundante, para catequizarlos mejor : se pronunció sentencia de muerte contra un borrego, dos pabos, algunos mas capones , y un gran frasco de vino generoso que era las delicias, del Tio Tarugo ; aunque á pesar de éste que aborrecia en su corazon todo gasto superfluo ó extraordinario , y toda profusion ó prodigalidad. El Presbítero ofreció generalmente las ensaladas ; y se dieron á consequencia todas las demás necesarias disposiciones , para cumplir bien. Pero he aqui , que teniendo lo

lo todo prevenido con tanta madurez ; al mismo tiempo que iban á
destacar mensageros para llamar
al convite, se les ocurrió la duda:
¿de qué pretexto, ó causa honesta
y decente, agena de la vara, y aun
de su sombra, podria darse para
convidar ? pues el egecutarlo, sin
otro algun pretexto y de modo que
se conociese, llevaban dicha vara por blanco, sería cosa mal vista y de que se reiría el Pueblo
todo.

Fue esta duda, ocurrencia del
Tio Tarugo, y vino á apurar tanto con ella á los de la tertulia, que faltó muy poco para
que se dejasen del convite, y tambien del desgraciado empeño de la
vara hasta otro año. Pero la fortuna que iba llevando sus cosas de
bien en mejor, les preparó de repente el mas honesto y racional
mo-

motivo de dicho convite que se podia pensar. Debióse su hallazgo á las luces y entendimiento del Abogado de Irueste, el qual observando con alguna reflexion el rostro de la muger del Lic. Tarugo, le advirtió con una tez estraña y color decaido, y ojeras de á geme, ó por lo menos mas grandes de lo regular; y sabiendo tambien que habia vomitado mucho aquella misma mañana: infirió para si como cosa cierta, ó dificil de fallar en tal complexo de señales, que no podia menos de estar embarazada. Comunicó su juicio á la Asamblea, adonde ventilandose un rato, porque le combatia el Tio Tarugo, le aprobaba el hijo, y el Presbítero no sabia como Juez adonde inclinarse: fue en fin decretada su aprobacion, y ordenado asirse de él como de pretexto para la de-

decencia, y buena voz del ideado convite. Verdad es que en
Conchuela no se habia visto, hasta entonces eso de publicar los
embarazos con tanta antelacion,
menos siendo aun dudosos; y mucho menos el convidar á ello como á bodas, celebrandolos con co-
milonas y fiestas; pero una vez
ú otra se han de empezar á introducir las costumbres, y si
aquí se hizo fue á falta de todo
otro arbitrio para la cena. Tambien es verdad que los Republicos convidados, y todas las demás gentes echaron de ver en
eso el artificio para atraerlos y
sacarles la vara; pero nuestros
consulentes no previeron lo adver-
tirian, ofuscados sus entendimientos, ó atolondradas sus cabezas con
tanto sutilizar para llegarla á conseguir. Y el Lic. Y nos
Ha-

Hallado en fin dicho recurso, guisada la cena, y venidos á ayudarla á comer todos los individuos del Ayuntamiento, á excepcion del rigido Alcalde émulo de los Tarugos, á quien no trataron estos de convidar: se dió principio á consumirla con auxilio de Carráles, del Albeitar, y de otros muchos de casa que tambien estaban avisados. Mas el referir lo que aquí hubo, sería empeño arduo y fastidioso, por lo prolixo. Baste decir fueron casi infinitos los brindis, y suma la familiaridad con que se trataban, é incomparable la alegria de unos y otros animos. El Tio Tarugo, excediendose á si mismo, con todos afable, con todos atento, y con todos obsequiosisimo y los metia á todos dentro de su corazon. Y el Lic. Tarugo, siguien-

do

do como buen hijo sus huellas, hechizaba á cada uno con el agrado de su semblante , y casi se quedó sin cenar por ir distribuyendo en finezas toda su parte ó racion. El Abogado de Irueste , y el Presbítero , se esmeraron tambien en el obsequio y agasajo de los concurrentes ; y atentos à la oportunidad , quando los vieron mas engolfados en el regocijo , los ojos alegres , capaces de prometer todas las cosas , y al consabido frasco que iba dando las ultimas boqueadas : tocó el primero con mucha habilidad y destreza el punto de la Alcaldía. Antes que el acabára de proferir semejante insinuacion , acudió en su auxilio dicho Presbítero contando con fiesta y delicado chiste la victoria del Lic. Tarugo sobre el Cura , en el argumento referido arriba , de lo

qual

qual dió él muestras de colorearse de
puro pundonoroso: bay à tdraidos
se ¡Carráles y su suegro el Albeitar al oir como con admiracion ambas noticias , movieron tal alboroto en su celebridad , tanto las mez-
claron ponderaron y repitieron ; y
tantos dixeron en fin sobre la ineptí-
tud del Sacristán, sobre ser forastero,
hombre no arraigado , y otras tachas que le atribuyeron al parecer
palmarias : que con un poquito mas
que los otros hubieron de ayudarse , se logró el *fiat* de los convidados Repúblicos sobre votar al Tio
Tarugo para Alcalde , y no á él.
Y muy duros , agrestes y deconoci-
dos habian de ser ellos , para no
llegar á ofrecerlo asi , despues de
tanto agasajo , y tan artificiosa solicitud. Lograda ésta , acabó de es-
pirar el frasco , y entró à suplir sus
faltas el rósoli , el qual como en-
tra-

traba de refresco, causó bastante
operacion en el convite, pues uno
de los Regidores que le acometió
con espiritu se puso tal, à la segunda embestida , que iba à caer re-
dondo en el suelo, y hubierase las-
timado malamente à no acudir en
su socorro el Lic. Tarugo, que le
recibió entre sus brazos. Al Albeitar aun le avino peor, pues como
sintiese que iba à caer de espaldas, se tiró con fuerza ácia delante, y dando de hocicos sobre una
salvilla, no solo quebró los vasos,
y lo desbarató todo, obligando á
los demás à levantarse del susto,
mas tambien se hirió en el rostro
con los vidrios, y se puso que era
una lastima. Lo peor fue que como
en tales ocasiones era él facil á
vomitar, arrojó al mismo caer tal
porcion de broza sobre los mante-
les, que no habia diablos que pu-

diesen verlos , ni, parar alli. Por
lo menos , es constante que obligó
sola su vista à otro vomito , aun
al mismo yerno suyo el insigne
Carráles , aunque era de estomago
valiente.

Rematóse con esto la funcion,
pues aunque habia dispuesto continuase mas , ó ya en festiva tertulia , ó ya sentandose á jugar aunque fuera à las quinolas ; y aun
era opinion del de Irueste que debia no interrumpirse el festejo de
dichos convidados , hasta la misma
hora de ir à votar las elecciones;
pero las dos caidas antecedentes , y
otras que se esperaban por momen-
tos , desconcertaron la idea , haciendo preciso é indiferible en los
mas el remedio de irse á dormir.
Fueronse , pues todos , y quedaron
con su ida los Tarugos , con aquellas congojas , temores , é inquie-
tu-

tídes que acompañan por lo común á las pretensiónes humanas. ¿Si se hará asi ó no? ¿si se olvidarán de lo ofrecido? ¿si se burlarán al fin de nosotros? Y otras semejantes que les dejaron dormir poco, especialmente al viejo, temeroso de suyo de que habian de desperdiciarse los gastos de la comilona.. Mas amaneciendo Dios, y llegada la mañana, tubieron el consuelo de ver cumplidas las promesas de los convidados, y en su poder la tan deseada y apetecible Alcaldía. Acontecimiento que alegrandolos sumámente, otro tanto admiró por lo inesperado al Alcalde su estrechador, al Cura, al Sacristán, y á quantos no sabian el *busilis*, ó lo sucedido. El Abogado de Tendilla (que se habia ido pocos dias antes à su casa)

luego que se lo escribieron se admiró no menos que los demás, y
el de Irueste se retiró á la suya
contentísimo, y muy satisfecho de
su prudencia.

Li-

LIBRO OCTAVO.

SUMARIO.

COnversacion del Cura con Gaspar
Fernandez y el Sacristán, sobre
las dificultades de desempeñar bien el
empleo de Alcalde ordinario. Posesion de los nuevos Oficiales de Justicia. Afabilidad de los Tarugos. Proyecto del Cura y sus amigos de traer
Medico á Conchuela. Situacion del
Pueblo en orden á esa necesidad. Reducense á que vengan muchos personages, y reducense á mas no poder
los mismos Tarugos, y el Presbítero.
Idea de éstos auxiliada del Albeitar
y de Carráles de desbaratar el intento por debajo de cuerda. No lo consiguen. Tampoco el que hubiese de

N 3

ve-

venir por Medico, un inutil viejo por
quien ellos se interesaban. Viene al
fin otro contra su gusto á quien por
tanto no podian tragar. Pleito del
Hidalgo de Valdeloso que traen á sentenciar al Lic. Tarugo, en coyuntura
muy favorable. Afectos de éste en
orden á la determinacion. Consejos
del Cura. Visita del Hidalgo. Eficacisimas cartas de recomendacion
que entrega en auxilio de su solicitud. Qual fuese ésta, y su felicidad
en conseguir la del Lic. Tarugo. Ma-
nifiesta agradecida su generosidad.
Resultas del pleito en el Tribunal Superior. Discurso del Cura sobre todas las particularidades del suceso,
y sobre el abuso de las recomendaciones.

Dos

DOS dias antes del referido tras- torno parcial de las eleccio- nes, el Cura en la comun inteli- gencia de que serían Alcaldes Gas- par Fernandez y el Sacristán, ha- bian tenido con ellos una larga se- sion, en la qual ponderandoles las dificultades poco reflexionadas de un cargo tan terrible, les dió al- gunos documentos útiles para po- derle desempeñar. Habló primero de la indiferencia tan necesaria en el buen Juez, y tan dificil quan- do conoce á los litigantes, y tie- ne algun motivo para amar mas al uno que al otro de ellos, ó tam- bien para temer ó esperar de qual- quiera de los dos: en cuyo punto repitiendo lo que habia dicho al Abogado de Tendilla quando tra-

ta-

taron de él segun se refirió en el
Libro sexto : les hizo ver que era
delicadisima obligacion aunque ardua y temible en toda suerte de
Judicaturas , lo era principalmente; y mucho mas que ninguna otra
en la del Alcalde Ordinario. Proposicion que parecerá extravagancia paradoxa ó ridiculez á los genios superficiales , pero que es en
realidad muy sólida é incontraver-
tible.

Pasó de aqui à decirles algo de
otros motivos que concurren à hacer mas dificil que las otras Judicaturas , la citada del Alcalde Ordinario. La falta de un situado ó
sueldo competente de quien unicamente depende , que hay mas
ó menos en todas las otras , y falta absolutamente en esta : como
no ha de ser (decia) de algun obstaculo á su mejor servicio en muchas

chas ocasiones. ¿Ignoramos por ventura lo dispuesto en esta linea por aquel Heroe de la Justicia Alexandro Severo, por D. Alonso el IX. en nuestra España, y autorizado despues por muchas Leyes? ¿Y qué diré (proseguia) de la falta de premio? En todas las demás situaciones tienen los Jueces, algunos ascensos à la vista à quienes aspiran, á quales se pueden proporcionar ellos mismos con su buena conducta; como se ve sucede, y es muchisima razon que suceda asi. Solo el infeliz Alcalde Ordinario carece de esa ventaja, ó de ese que es el mas poderoso incitativo del bien obrar, segun el dictamen de todo el mundo. Luego tambien por esto es particularmente delicada su situacion. Por lo menos cómo negará quien conozca al hombre, lo amante que es de si mismo, y quan-

to

to desea convertir sus trabajos en
propia utilidad : ¿qué es grande el
peligro de que ese defecto le trai-
ga al conato de abusar del empleo
para aumentar su hacienda , su
dominio estimacion , à otros fines
que mire como ventajas , con agravio de la Justicia ? Y por último
(dijo) que sobre otros auxilios que
faltaban à dicho Juez , como fuerzas para obrar con vigor en muchos casos por muy entero que sea;
copia de exemplares de perfeccion
en el mismo teatro á quienes imitar , y otros que viene á producir
el mismo corto espacio de solo un
año que dura su judicatura : aun
sería facil de probar que carece del
temor del castigo (prescindiendo de
acasos extraordinarios) muelle tan
eficaz como la esperanza del premio
para mover al hombre ; con reflexionar solamente lo que pasa sobre

es-

esto en las residencias que se ven
en los Lugares, que son por lo comun no ya inutiles para enmendar
las cosas como las visitas Eclesias-
ticas, sino perjudiciales de positivo, ...

Siendo pues (continuaba el Cura) tan peligroso oficio el de Alcalde Ordinario, y estando vmds.
tan proximos al empeño de haberle de servir, vmds. digo que por
otra parte desearán servirle con perfeccion: deben fortalecerse de cuidado, ó prevenir particulares anti-
dotos, contra cada uno de los ries-
gos de agraviar, en que verosimil-
mente se han de ver. Muchos de
ellos proveerá en la ocasion el mismo sincéro deseo de acertar, y de
no causar agravio á nadie; y aunque yo quisiera explicar á vmds.
las diversas maneras de engaño con
que no obstante esa buena intencion,

cion , podran hacerles faltar en el
lance de sus afectos : es absolutamente imposible el individualizarlas todas. Contentaréme , pues , con decirles lo primero : que solo á Dios
teman , y no á los hombres , y que
solo de Dios esperen todo bien , y
de los hombres ninguno : que es el
temor , y esperanza bien regulados,
y como los debe tener todo buen
Juez , segun advertia el glorioso S.
Bernardo á su discipulo Eugenio III.
Lo segundo que antes de tomar alguna providencia , ó resolver qualquiera cosa , den una vista á su corazon , y escudriñen con cuidado
si se anida en él además del zelo de la justicia , alguna pasion aunque leve , alguno aunque menudisi-
mo afecto , ó malicioso impulso del
amor propio que persuada á obrar
asi; ò ya por tirar á este , porque es
aborrecido , ò ya para agradar al
otro

otro porque es amado, ó bien persona á quien se teme, ó de quien
se espera; ó ya en fin porque haya en ella qualquiera otro deseo
de utilidad propia, como de aplauso; hacer su gusto, salirse con la
suya; ser mas que este, ú el otro,
captar á aquel en cuya gracia nos
queremos introducir, ó semejantes
estimulos, que son por lo comun objeto de nuestras obras, y muchas
veces sin echarlos de ver. Hallado dicho impulso escondido en el
corazón (que, si vmds. le buscan con
sinceridad, no dexará de descubrir-
sele su conciencia) arrojarle de él
con tiempo, cuidando de no aten-
derle en la resolucion. Y, pues, les
ha de faltar el premio, aunque obren
bien en su judicatura, y regularmente el castigo aunque obren mal,
hagan vmds. y sea la tercera advertencia) por olvidarse de esta

es-

especie ; y dediquense al cumplimiento de su obligacion, y al trabajo que la acompaña, estando unidos
y ayudandose el uno al otro, no ya
por el premio que trae consigo entre
los hombres la satisfaccion misma del
bien obrar, como reconocieron aun
los Gentiles ; sino por el infalible,
y perpetuo que hemos de recibir
los Christianos en la otra vida.

Hasta aqui la exhortacion del
Cura, la qual oida, dixo el Sacristan; que entonces acababa de creer
que la situacion del Alcalde Ordinario era la mas peligrosa, y delicada de todas las demás de los Jueces; pues hasta alli tenia creido
que la mas repelosa, é infelíz de
todas ellas sin comparacion, era
la de los catarriberas, ó Alcaldes
mayores de Señorío. Pero dígame
vmd. Señor Cura: el Alcalde Ordinario con solo asesorarse, como
le

le es tan facil de hacer, no remediaria todos estos inconvenientes, ó peligros? Eso juzgan (respondió el Cura) todos los que hablan, ó tratan de estas cosas sin el conocimiento, y experiencia necesarios; en cuyo numero entran los mas de los mismos Asesores, y aun otra gente letrada de mas alto coturno, que mirandolo sin reflexion, les parece están remediadas todas las dificultades de un Juez lego, con la facilidad sola de asesorarse. Pero es cierto se engañan, y lo verás brevisimamente. En primer lugar, se asesora el Juez lego, pero se asesora solamente en los negocios en que se procede por escrito, y con pleito formal por las partes; y aun en estos hay muchas ocasiones, y modos de perjudicar fuera de dichas asesorias, como cada dia se experimenta en los Lugares, iba á decir

cir en los mas de los pleitos ; pero sea solo en los mas en que litigan personas de conocida desigualdad : como pobre contra rico, forastero contra vecino de valimiento en el Lugar, y otros asi. Pero démos que en tales juicios, y en algunos verbales en que el Alcalde Ordinario se asesore, quede con esto solo imposibilitado de causar perjuicio : ¿no hay otros muchisimos mas de los ultimos en losquales no se asesora, y podrá por lo mismo perjudicar si se ciega? No hay tambien muchos ramos en orden al Gobierno publico que se tratan sin pleitos, y por tanto sin la precision de asesorarse? Todos los principios de omisiones, tan diferentes, y varios, como las omisiones mismas ¿cómo las remediará en el Juez lego un Asesór? Si no cuida por exemplo de cortar los escanda-

dalos de castigar amancebados, y
otros pecados publicos, de descubrir los ocultos malhechores, y de
desterrar del pueblo el ocio, la
embriaguez, y la miseria: sino se
atreve, á resistir, por no descon-
tentar á un poderoso, sino ampa-
ra por la misma razon al desva-
lido, y le dexa atropellar: y si
llevado en fin de su amor, se da
al descanso, y á no trabajar todo
quanto puede por mantener la justicia, é igualdad en tres sus subditos, y por procurarles en quanto
es de su parte la felicidad: claro
es faltará á su obligacion, y que
hará muchos daños aunque no los
conozca. Y pregunto ¿cómo los
remediarán, ó podrán enmendarlos
los Asesóres, si ni los saben, ni sobre ellos son consultados? Mas,
aunque lo fuesen, ¿cómo infundirán

á dichó Juez el espiritu, que le falta, ó las virtudes por cuyo defecto venia á incurrir en esos perjuicios?

De ningun modo (dixo Gaspar
Fernandez). A excepcion de los
pleitos formales, y alguna otra co-
suela, que se acostumbra á consultar con los Abogados, en los
quales cumplirá el Juez lego con
solo elegir los mas rectos, y acre-
ditados para dichas consultas, y hacer lo que le digan; cierto es que
en todos los demás particulares de
su inspeccion, en que pueden traerle á faltar sus secretas pasiones,
nada le ayudan ni sirven esos mismos Abogados, á quienes entonces no se acuerda de consultar. Esto se verifica en todos esos principios, ó fuentes que vmd. ha señalado, y principalmente en los infinitos casos en que puede errar el
tal

tal Juez lego por omision, ó no obrando. ¿Si no obra quando debe, cegado de su pusilanimidad, descuido, ú otra pasion, qué Asesor podrá darle la virtud contraria, en el grado necesario para que obre? Es claro, pues, que el Alcalde Ordinario puede causar muchos agravios por sí mismo, no obstante su facilidad de asesorarse quando le dé la gana.

Mas dexando este punto, sobre el otro que vm. ha tocado de los afectos del Juez, y su actividad para engañarle, ó hacerle faltar à la justicia por menudos que sean: yo entro en quanto vmd. nos ha dicho, y en que es la mas lastimosa situacion en quanto á ellos, la del Alcalde Ordinario; pero ocurreme esta dificultad. Supongamos que en el empeño de tomar alguna providencia uno de estos

Jue-

Jueces, sienta su corazon inclinado á favor, ó en contra de alguno
de los contendientes, por qualquiera de los motivos de aficion, ú de
odio que á ello le pueden mover.
En semejante apuro, una vez conocido, no será remedio seguro, y
facil el dar algunos pasos por inclinar la voluntad al afecto contrario, para que venga á quedar de este modo en el justo equi-
librio, entre los dos? Quiero decir: se siente movido á complacer
á Juan porque le estima, ó porque
su contrario le dá en rostro; pues
trabaja por poner la estimacion
en ese contrario mismo, y privar á
Juan de ella; con lo qual vendrá
á quedarse el corazon movido á favor de aquel que le era adverso, ó
á lo menos en la debida indiferencia, é igualdad entre uno, y
otro.

Eso

Eso tiene (respondió el Cura)
dos grandes dificultades. La primera: que ese mismo trueque, mutacion, ó arreglo de afectos, no
es obra medio hecha, ó instanta-
nea como vmd. imagina, sino muy
ardua, larga, y dificil de suyo, como lo han hecho ver en sus acciones, y en sus escritos los mayores Santos: por no acordarnos
ahora de lo que dice sobre ello
nuestro Seneca, y de lo que ex-
perimentamos cada uno dentro de
nosotros. La segunda que el referido cuidado de amar al aborrecido, aborrece al que se amaba, y
asi de los demás afectos, si de algo habia de servir, podia ir intro-
duciendo en el animo, un habito,
ó disposicion de hacer siempre lo
contrario, de aquello á que incli-
naba el primer impulso, y esto
tambien sería injusticia, ó motivo

de

iniquidades en muchas ocasiones.
Quintiliano llama con razon iniquos á los Jueces que obran asi;
y creame vmd. que esto de no acertar con el medio, sino dar en un
extremo por huir del otro, es muy
comun en los hombres, aun en
negocios menos delicados: y no tiene fundamento Horacio para tratar á ese achaque como privativo
de los necios. En confirmacion de
lo qual, sepa vmd. que en la Sagra-
grada Escritura apenas se hallará
cosa mas prevenida, ó aconsejada:
que el que los Jueces hagan justicia
á los miserables, los defiendan con-
tra el orgullo de los fuertes, y no
los dexen atropellar; pero porque
del cuidado de hacerlo asi, no pasen dichos Jueces al extremo de
tratarlos con demasiado favor, se
les advierte tambien: *que ni de tales*
pobres se compadezca en juicio.

Pues,

Pues, Señor (dixo el Sacristán) si por todas partes hay dificultades, y tan arduo viene á ser el oficio de Alcalde Ordinario de un Lugar; digo que no lo quiero ser en Conchuela, ni tomaré la vara, aunque me tengan en la carcel todo el año. Lo mismo aseguró Gaspar Fernandez de sí; y uno, y otro los protextaron con tantas señales de sinceridad, que el Cura conoció claramente, no eran sus negativas, retiradas dolosas, para conseguir la vara mejor, como las saben aparentar algunos hombres deseosísimos de ser Jueces. Estratagema muy común, parecida al modo de pelear huyendo de los antiguos Parthos, y al de los Moros de hoy; como tambien al recato artificioso de aquellas damas de quienes decia Ovidio: *Vele, sed ex alto disimulare puta.* Digo que conoció al ins-

tan-

tante el mencionado Cura, no era
así, sino antes bien muy ingenua,
y sincéra la resistencia á ser Alcaldes de sus amigos. Por tanto ase-
gurandose entonces, de que ellos
eran los mas merecedores de serlo,
sintió en su corazon, no haber sus-
pendido las advertencias antecedentes, hasta que lo fuesen ya ; y
se puso á persuadirles de proposito el que recibiesen las varas, y
no se negasen al trabajo: en lo
qual tanto se afanó, y les dixo que
viño á lograr le diesen palabra
de que lo serían. Bien es verdad
que si se reduxeron, fue solo por
considerar que una vez nombrados,
era empresa dificultosa el salirse
con no lo ser, como el Cura les
proponia. De modo que salieron
al fin de la asamblea resueltos ya
ser Alcaldes asi los nombraban; pero muy deseosos de que no se acor-
da-

dasen de nombrarlos: y por lo mismo no fue sensible al Sacristán quando lo supo, el convite de sus émulos, y el ya referido trastorno de su Alcaldía.

Fuelo si á Gaspar Fernandez el que no hubiesen desbaratado la suya; pero dispuesto á admitirla, pasó á la sala del Ayuntamiento al acto de posesion, luego que le avisaron. Tomóla pues, y entre muchas enhorabuenas de los oficiales que salian, y de los que entraban, señalandose entre estos en las expresiones en la benevolencia, y en el agrado el grande Tio Tarugo, deseosisimo de familiarizarse con el tal Fernandez, y traerle de veras á su parcialidad.

Continuó algunos dias el mismo obsequio ácia el expresado, de parte no solo del mismo Tio Tarugo, mas tambien de su hijo, y aun del

Lic.

Lic. Berrucál., que en todo se mo-
via por el resorte de los otros dos:
y fue esto de manera, que las gentes del Lugar, especialmente aquellas que profundaban poco en las
cosas, se admiraron mucho por no
saber á qué atribuirla, tan desusa-
da dulzura, ó tan extraordinaria
suavidad en los dichos Tarugos; y
empezaron á prometerse favorables efectos de ella, en la admi-
nistracion de justicia de aquel año.
Mas no sabian estos el motivo por
el qual los referidos Tarugos obraban asi, ni los consejos del Abogado de Trueste en la razon. El Cura, el mismo Fernandez, el Alcalde anterior, y el Sacristán, al principio no dexaban de admirarse de
semejante novedad; pero á poco
discurso, y á congeturas compren-
dieron facilmente el artificio que iba
oculto en ella.

En

En el citado acto de posesion, el expresado Fernandez sabedor de las trampas, y canvalaches que habian intervenido en las elecciones de los Alcaldes de la Hermandad, Regidores, y demás Oficiales; y sabiendo tambien, que esta clase de hombres aun entrando en sus oficios con principios menos viciados, ignoran por lo comun las obligaciones en que se meten: y viven lejos de poderlas desempeñar, ni de cuidar de hacerlo; les dijo brevemente lo que ellas eran en si, y les amonestó con dulzura, y al mismo tiempo con energia, empleasen toda atencion en cumplirlas, no contentandose con obrar como tantos otros, que no saben lo que se obran; sino que se señalasen (les dijo) en el mismo no-ir por donde van casi todos; en una constante y celosa aplicacion á pro-

mo-

mover el bien público, y en amor
de la justicia, y respetar à los
destinados, á administrarla; y en
preferir en fin estos objetos, à todo
otro de amistad, interés propio, emulacion ó etiqueta en sus votos y resoluciones.

A pocos dias hablando el Cura
con dicho Juez y con el Sacristán,
de la extraordinaria afabilidad de
los Tarugos, y pasando de aqui á
otras materias concernientes al bien
comun; vino á proponerles su deseo de que se trajese Medico à Conchuela, como empeño el mas in-
teresante en que se podia pensar
porq entonces. Habia como unos
quince años, que carecia de semejante facultativo el tal Conchuela,
y procedia esta falta de haber despedido el Tio Tarugo al ultimo
que tubo en aquel tiempo, por
cierto tropiezo ó emulacion zelosa
que

que ocurrió entre los dos , segun
se insinuó en la parte primera.
Aconteció este disgusto en un tiempo que dicho Tio Tarugo mandaba en el Lugar con absoluto despotismo ; por no hallarse en él,
el Cura ni el Sacristán , ni hacer
figura aun los demás que de presente le resistian. Por tanto le fue
muy facil , no solo el echar á
pasear al enunciado Medico , y
quitarle de álli : mas tambien que
se estableciese por acta del Ayuntamiento , que no le volviese á haber en adelante ; motivando para
ello la pequeñez y falta de fondos
del Lugar para mantenerle , con
otras razones que le parecieron bastantes para dar ayre de espiritu
de Justicia , al que habia sido en
realidad espiritu solo de venganza.

Arrojado de este modo el medico , y prohibida para lo succe-
si-

sivo, la introduccion de otro, quedaba. Conchuela aliviado en parte de las contribuciones, que acostumbraba antes á pagar; pero en la infeliz precision de valerse sus vecinos en la curacion, y asistencia de sus enfermedades de un inutil é ignorantisimo Barbero, recien examinado, capaz de matar à disparates à un caballo de bronce, si se le entregáran à curar. Era este tal Barbero por una parte hijo de vecino, y de vecino algo pariente del Lic. Berrucál, y por otra cuidór de casárse, como el Albeitar con una ahijada del Tio Tarugo, hija tambien del Pueblo, y emparentada con otros Repúblicos de él, y que además habia sido criada del mismo Presbítero. Con cuyas circunstancias, y enlace, y con una suma facilidad de adular ó mentir siempre que se ofrecia, de que estataba adornado, logró muy luego, no solo introducirse en la gracia de estos dos, y de otros muchos vecinos, interesandolos á todos en conservarle: mas tambien en el encubrir para con ellos su necedad, y en tales terminos que le tenian por él mas habil en su exercicio, de quantos habia en la comarca, y no echaban de ver sus desaciertos, por grandes é indisculpables que fuesen. Verdad es tenia la gracia de dejar lisiados, á los que libraban mejor de los que se curaban con él, si el achaque era cosa de alguna entidad, á quien no podia vencer por si sola la naturaleza; y habia por esto en el Lugar porcion considerable de cojos, mancos, ciegos, y estropeados con otros diferentes generos de males. Pero esto (decia el Tio Tarugo y lo confirmaban los demás amigos) nacia de

los

los pecados de los referidos infelices; y de ser dichos males superiores á todo auxilio ó habilidad para medicinarlos.

De modo que, era su dictamen, causaba dichos daños la valentía de las dolencias inseparable á todo facultativo; y, de ninguna manera, la ignorancia del Barbero inutil: antes creían fueran mayores dichos ayes, y mas numerosos los difuntos de Conchuela, á haber sido el curandero qualquiera otro. Con esta bella satisfaccion que se estendia indiferentemente á todas las curaciones que el expresado hacia como Cirujano, y como Medico: el Tio Tarugo, su hijo y los demás parciales (cerebros todos de cal y canto) no solo se dejaban sangrar, y geringar gustosos con el solo parecer de ese hombre; sino que teniendo por muy ridiculos y tontos

à

á los que no lo hacian asi; consideraban habia sido suma felicidad para dicho Conchuela, la mencionada despedida del Medico, asi por el ahorro, como porque no hacia falta para el beneficio de la salud. Estaban por tanto muy lejos de la idea de traer otro, y con él nuevos gastos, para coartar las facultades curativas del dicho Barbero, su favorito.

Era pues grande la dificultad, que podia temerse por este lado para la meditada innovacion; y asi lo reflexionaron en la consulta el Cura, y sus dos colucutores. Mas como pasasen de aqui á tratar de los medios que se deberían usar para desvanecerla, y llevar adelante tan justo y necesario proyecto: encontraron desde luego muchos auxilios, de que valerse para combatirla. La misma fuerza de la ver-

dad

dad que en todo acontecimiento y circunstancias, lleva tras de si á muchos que la sigan, que la sostengan, y que se interesen en promoverlas con toda su posibilidad: les daba esperanza de que no faltarian en Conchuela algunos espiritus ménos ciegos, algunos hombres indiferentes, que no arrastrados de tan fatua pasion por el Barbero, sino antes conocedores de su tonteria, echasen de ver la importancia del proyecto expresado, ó el beneficio publico que le motivaba, y conocido asi que le fomentasen con todo su corazon. Sobre esta esperanza generica ó indefinida de seguidores que fundaban en el asunto nuestros consulentes, adquirieron otra mas cierta y particular, por saber no faltaban vecinos que tenian muy en la memoria la injusticia del Tio Tarugo en la repetida despedida del Medico, y

mal

mal hallados con los disparates del Barbero actual, los lamentaban públicamente, y se manifestaban deseosos de que se enmendase tan desgraciada situacion del Pueblo. Eran estos vecinos bastantes en numero, y juntos á ellos los que se aguardaba se descubriesen á consequencia del anterior principio, pareció serían muy suficientes para dar valor al intento á pesar de los Tarugos y todos sus allegados: especialmente concurriendo á su favor la justicia con las luces y entereza del Cura y de Fernandez, que habian de ser los directores; y faltando estas ventajas á sus antagonistas.

Llevóse tanto el Sacristán de la confianza en esos arbitrios, que era de opinion: se debia venir al punto á rompimiento, ó al paso de providenciar en alguna junta pública la inovacion deseada, y llevar-

la à efecto inmediatamente ; y que
si los Tarugos ó algunos de sus
parciales formasen empeño de resistirla, se acudiese contra ellos al
correspondiente Tribunal Superior,
para hacerla valer. Asi opinaba el Sacristán ; pero él Cura y Gaspar
Fernandez determinaron proceder
en el asunto de muy diversa manera : pues bien miradas y reflexionadas todas las circunstancias favorables y adversas, ó utiles y perjudiciales que se amontonaban en la pretension ; les pareció dirigirla con
destreza y madurez ; y tantear con
mañal los principales animos, por
ver si podría conseguirse en paz y
quietud, sin llegar à romper à las
claras, ó sin la precision de suscitar parcialidades , y de volver
à encender los anteriores disturbios,
tan mal sosegados todavia.

Resueltos en esta determinacion,
y

y avenido à ella dicho Sacristán, tomaron á su cuidado éste y el Alcalde Fernandez, lo de insinuar la idea à algunos animos, ver como se oponian, y avisar al referido Cura de lo que encontrasen. Fueronse pues á sus casas, y dieron principio á su diligencia, descubriendose primeramente solo à las personas de alguna racionalidad, y y por otra parte libres de parentesco ó de otro grande motivo de adhesion al Barbero; à todas las quales hallaron prosas no solo á la novedad, mas tambien á la de traer con el Medico otro Barbero mejor que ese, si esto se intentàra. Lo mismo sucedió con casi todos los Capitulares del Ayútamiento actual, à quienes hizo la insinuacion el Alcalde solo, pues todos ellos á excepcion del Tio Tarugo, carecieron por casualidad de

la

la ceguedad suma , ó de la necia
é ilimitada aficion por dicho Barbero , y se hicieron tal qual cargo de la justicia y aun de la necesidad del empeño que se les proponia. Y aunque uno de los Regidores era muy suyo por haber apren-
dido en su casa á tocar la vihuela,
y acudir á ella los mas de los dias
à broma y à baylar : esto no obstante se allanó gustoso à dicho pensamiento , lo uno porque de que el
tal Médico viniese ningun perjuicio se seguia al citado su amigo,
que siempre habia de subsistir y
ser el Barbero del Lugar ; y lo
otro por ser él , idea del Cura y
de Gaspar Fernandez de cuya justificacion y circunstancias , no esperaba pudiesen formar propuesta
alguna que no fuese justisima y be-
nefica al Pueblo. Y estas mismas
dos consideraciones bastaron á atra-
her

her à favor del proyecto aun à algunos personages, de los que se temia fuesen muy ciegos é infatuados en contra.; como lo experimentaron los dos ya referidos movedores, quando pasaron á tantear con la insinuacion á esta segunda clàse de gentes. Con todo eso no faltaron otros que oyeron con poco gusto el proyecto de la novedad, parte de ellos por las causas de ceguedad y ligacion que se enunciaron arriba; y algunos porque infinitamente miserables, apocados, y estrechos tenian por mayor mal el dispendio ó contribucion que el nuevo Medico traería tras de si, que el morirse, y todos los que de haí abajo se podian padecer por su falta.

Pero todos estos eran pocos en numero, y aunque fueran mas que los anteriores, reflexionaron muy

bien

bien Fernandez y el Sacristán, eran
gente debil, y absolutamente inutil para contrarestar à los innovan-
tes si se tomaba el empeño de veras. Vueltos pues à casa del Cura, y comunicandole todos sus des-
cubrimientos, se ideó nuevamente
el dar parte de la intencion á los
mismos Tarugos, á ver como la
recibian; no porque hubiesen de
dejar el llevarla al cabo, aunque
la recibiesen mal: sino porque no
dijesen los burlaban, si se hacia
sin su noticia: y para corresponder en algun modo á la atencion
y urbanidad con que ellos trataban
por entonces al repetido Fernandez: y por último porque siendo
conocidas sus maximas, ó el artificio que gobernaba esta su nueva
conducta, creyeron podia esperarse la recibiesen muy distintamente
de lo que se pensaba; ó por lo menos

nos que no se atreverian à resistir,
ú oponerse á ella al descubierto.
Dudóse despues si irían los tres
juntos, ó el Alcalde solo á en-
cajarles semejante proposision , y
resolvieron al fin ser todos partici-
pes , pues lo habian de ser de las
resultas , del trabajo , gusto, ó disgusto que pudiese causar la conferencia.

Marcharon allá con esta intencion , à tiempo que los Tarugos
y el Lic. Berrucàl se hallaban juntos repasando entre si , ó trayen-
dose , mutuamente à la memoria
aquellos ilustres documentos , ó
maximas fundamentales de dominio , que les enseñó el Abogado
Maestro en el camino de Irueste:
y particularmente acababan de repetir aquello de: *no formar empe-*
ño contrario al que formen los fuer-
tes espiritus , y algunas ampliacio-
nes

nes de esta regla misma, quando
llegaron alli los mencionados Cura,
Alcalde y Sacristán. Por cuya casualidad, oportunisima tanto, se ace-
leraron con su vista por obsequiar-
los, y amontonar expresiones y
rendimientos, que el Lic. Tarugo,
se cayó de la silla al levantarse,
y atropelló à su Padre y al Presbítero, por salir à recibirlos el
primero. Entrando, y tocandose
el punto fue despachado, à consequencia de los anteriores principios
y por proceder con la debida uniformidad, con mucho mas sosiego
y facilidad de la que ninguno cre-
ería. Pues aunque es verdad, que
al oir la especie el Tio Tarugo,
se puso palido, considerando la
perjudicialisima al Pueblo, des-
tructiva en gran parte de sus ideas,
y sobre todo desbaratadora iniqua de
aquella su antigua, útil, y vale-
ro-

rosisima providencia, que va mencionada; con todo volviendo sobre
si, y haciendose cargo lo uno, de
la importancia de no resistir en nada á los proponentes; y lo otro
de que habian si resistia, de poder ellos mas; se allanó al intento, procurando colorear con palabras, y repetidas protextas de su
deseo de servirlos en quanto le
mandasen, la necesidad con que
se allanaba, y la pena que ocul-
taba su corazon. Allanado este, se
allanó aun con mas prontitud el
Lic. Tarugo, menos acalorado que
su Padre contra la novedad, por haber sido muchacho quando sucedió
la despedida del Medico; y no pe-
sarle mucho viniese otro, por si
esto por alguna casualidad podia pro-
ducirle á él, aumento de fama y de
dependiencias.

Solo el Presbítero, mas ciego
y

y embobado que otro alguno, no pudo contenerse de resistir alguna cosa, diciendo lo primero: que bastaba fuese el Barbero hijo de vecino para que no todos viviesen contentos con él, y formasen ideas de perjudicarle; lo qual explanó con el simil del Tamborilero, que nunca hace buen son en su Lugar, y otros muy oportunos. Mas como le hiciese ver el Cura; iba en su discurso descaminado, pues de que viniese Medico, ningun perjuicio se seguiria al tal Barbero, antes sería ahorrarle muchos cargos de conciencia, y no poco trabajo; dijo lo segundo: que al fin, semejante idea era novedad, y siendolo, debia mirarse con horror, ó á lo menos despacio; pues todas las novedades eran muy peligrosas y temibles. En eso hay su mas y su menos (respondió inmediata-

men-

mente el Sacristán). Esa vejez de
que toda novedad es peligrosa, es
un coco ó espantajo con que quieren impedir los proyectos útiles en
todas partes , aquellos que ó por
insensibilidad , ó por alguna inte-
resada pasion , no quisieran se lle-
guen à introducir. Viene por exemplo à un Pueblo algun recto y va-
leroso Juez , que intenta cortar un
abuso ó perjudicial corruptela , que
consintieron por falta de espiritu
sus descuidados antecesóres ; ó bien
que castiga lo que ellos disimula-
ban ; ó quiere hacer en fin lo que
ellos no hacian , ni eran hombres
para hacer. Apenas empieza el pobre á dar muestras de su actividad , y de su diferiencia á los otros
Jueces , quando se levantan contra él todas las turbas : esto es todos los interesados en que pasen las
cosas como pasaban , à ver si le
pue-

pueden intimidar à fuerza de persecuciones y de gritos ; y quando
no otra cosa consigan le quitan. á
lo menos el credito para con muchos ; tratandole de mala cabeza,
de ridiculo, de amigo de novedades, y de pleitos, y con otras ca-
lumnias , que le representan todo
al rebés de lo que es en si. Lo mismo sucede en otros infinitos casos,
ó siempre que se obra al contrario
de como están los hombres habituados à ver obrar ; y de aqui nace el que se establezcan, y radi-
quen por siglos los desordenes ; por
no tener pecho para aguantar la
persecucion , los que habian de re-
mediarlos.

Y pues se empieza ya à comba-
tir por el mismo rumbo nuestro
proyecto , entienda vm. que hay
novedades peligrosas ó temibles, y
otras que no lo son. Regla general:
to-

toda mutacion en que pase el hombre de bien al mal , como de la salud à la dolencia , de la riqueza à la escasez , de la virtud al vicio , del sosiego á la inquietud, de la felicidad à la desgracia , y otras asi, será novedad peligrosa, temible, y que deberá escusarse si se puede. Pero al contrario, la en que se pase del mal al bien , como en la presente que se dirige á buscar un hombre inteligente en el arte de aliviar nuestras dolencias, beneficio del que carecemos , y que se procura en todo el mundo , aun para las bestias mismas , lejos de ser peligrosa es útil , y debe apadrinarse por todo buen corazon.

Con esto , y con otras muchas razones que añadieron el Cura, y Gaspar Fernandez , asi sobre la misma maxima , como para desvane-

necer aquel tonto, y ridiculo concepto de que se asia dicho Presbítero; conviene à saber, que el tal
Barbero era mas habil, que podría
serlo el Medico que hubiese de venir; se logró al fin se redujese como los Tarugos; mas por la re-
duccion de èstos, y las propias
causas, por las quales se habian
movido; que porque le hiciese mucha fuerza lo que le decian. Con
lo qual se I sosegaron los animos,
medio dispuestos à alterarse, y prosiguió un rato la tertulia en paci-
fica conversacion. Tocaronse en ella
varios puntos en cuya decision acre-
ditó su entendimiento el Lic. Tarugo, y tambien su animo noval-
mente dispuesto al obsequio ó casi
veneracion del Cura y sus dos amigos; y el Sacristán que tanto se
habia acalorado en materia de abusos, ó al considerar el trabajo y
per-

persecuciones que cuesta el reme-
diarlos , por mas que ellos sean
perjudiciales ; volvió à tocar esta
especie , y hubiera hablado mucho
sobre ella à no hacerle el Cura
señas que callase , por evitar nuevas disputas. y contiendas. Por ultimo se trató del dia en que debia
ser la junta del Concejo , para arreglar formalmente la decretada
inovacion; y se separaron unos de
otros entre muchas demonstraciones
de benevolencia , excediendose los
Tarugos en la urbanidad.

De alli à poco entraron en dicha casa del Escribano y el Albeitar ; y como notasen melancolicos
à los citados Tárugos , y al Presbítero recogido dentro de si y medio estatico : inquirieron la causa
de su pesadumbre , ó el desgraciado principio de tamaña novedad.
Refirióle el Lic. Tarugo , de quien

se habia apoderado menos la me-
lancolía, y escucharonle ellos con
demasiado susto. El Albeitar porque se le ocurrió al instante, que
si se iba haciendo el Lugar à mutaciones, como el tenia tantos enemigos, era de temer pensasen luego en alguna sobre Albeitería que
no le tuviese mucha quenta; y con
esta consideracion todo taciturno y
sobre saltado, se quedó medio
muerto sin animo y sin palabras.
A Carráles tambien asustó la especie, porque amaba cordialmente
al Barbero, y mucho mas à su muger; teniendo con los dos tanta
mano, tanta familiaridad, y confianza, que malas lenguas lo em-
pezaban á murmurar, como que
pasaba en la estrechez algo mas
allá de lo justo. Juntaronsele pues
con este antecedente varios y poderosos motivos para asustarse. El
creer

creer (asi al oirlo de pronto, y sin bastante reflexion) que traido el Medico se iría el Barbero su amigo, y con él toda su diversion y alegria. Aunque no se fuese : ¿el venir otro facultativo, no era algun descredito suyo, algun atamiento, arrincono y limitacion de su libertad : contratiempos sensibles en una persona tan amada? Por otra parte : ¿el dinero que se habia de emplear en el salario del Medico mismo, quanto mejor era destinarle para ayuda de costa á la Escribanía de Ayuntamiento, que estaba dotada pesimamente?

Todas estas consideraciones, y otras muchas que se apoderaron de improviso de la fantasia de nuestro Carráles, le asustaron al golpe, y le pusiéron casi tan mustio y taciturno como su suegro; no

obs-

obstante su facilidad, de no darse por entendido de las cosas. Recobrandose empero lo mejor que pudo, y esforzandose tambien por alentar á los otros, empleó todas las fuerzas de su discurso en persuadirles, que semejante proyecto del Cura y sus sequaces, no le producia el celo del bien público, como querian dar à entender; sino una criminal antipatia con el pobre Barbero y con ellos mismos, y un odioso conato de introducir novedades por darles en rostro, ó que sentir. Aprobóse el juicio inmediatamente por el Presbítero, por el Tio Tarugo y por el Albeitar; y el Lic. Tarugo medio indeciso ni acababa de aprobarle ni de reprobarle del todo; bien que con sola otra exortacion de Carráles, y diferentes adminiculos con que se corroboró por los demás se convino con

ellos

ellos por último ; y quedó establecido por punto libre de toda duda, ó
dificultad ; el que nacia dicha idea
de un celo lleno de embidia y de
mala fé ; no de verdad ó sincéro
interés por la causa pública. Supuesto pues este principio pasóse á
tratar si habria algun medio de
desbaratar el proyecto insinuado ;
y como el intentarlo á las claras
se hiciese algo duro á los Tárugos,
asi por no faltar á la palabra que
acababan de dar de apadrinarle ;
cómo por no romper de manifiesto
con los proyectantes contra la prin-
cipalisima instruccion de su ora-
culo el Abogado de Irueste : fue
forzoso venir á un muy trillado arbitrio ; pero que sale las mas veces ruinoso y perjudicial. Digo
que se pensó por los mencionados
Tarugos seguir en la apariencia el
decreto de inovacion ; para agra-

dar al Cura, á Gaspar Fernandez, y á todos los amigos de estos; pero ocultamente el de que no se inovase, procurandolo asi con todo ahinco y destreza, à ver si con tal artificio podia lograrse el que aquellos no se saliesen con la suya, y quedáran por otra parte contentos con ellos, como que habian sido de su parcialidad.

Con esta resolucion dieron principio á tantear los animos de las gentes, con el fin de reducirlas á que levantàran la voz sobre que no habia de venir Medico, ni era necesario para nada en el Lugar; por si con solo el ruido de un *tolle tolle* asi, podría conseguirse como esperaban la ruina del proyecto, (viendo sus Autores era novedad pesimamente recibida del populacho, y capaz de suscitar en el un alboroto) y quedar oculta su su intencion , artificio ó maquina, dirigiendose en la obra con tal qual cautela ó disimulo. Hablaron pues à runos y à otros con todo secreto, confianza , y estrechez , y por mas que se esforzaron en acalorarlos ó moverlos , fueron tan desgraciados en su empresa que encontraron bien pocos dispuestos á seguirla: hallandose los mas cogidos anteriormente por el partido contrario , y persuadidos á que contenia dicho proyecto toda la justicia é importancia que podia desearse. Con esto , no solo fueron infructuosos los pasos de los referidos Tarugos en orden á mover al Pueblo , ó atraerle ácia su intencion : sino que en las libres y poco urbanas negativas que recibieron de algunos Repúblicos (los mismos que en otras ocasiones habian sido sus mas fieles servidores

Q 4 y

y aficionados) junto esto con otras muchas señales ó pronosticos de su infelicidad , echaron de ver claramente , era irremediable la introduccion del Medico , y lo sería del mismo modo qualquiera otra novedad que el Cura y sus amigos tratasen de introducir. Lo peor fue, que tampoco lograron el ocultar para con estos , la mano que tiraba la piedra , aunque lo solicitaron con ahinco : pues como en semejantes parcialidades, ó competencias populares, hay siempre porcion de espias dobles , que como en las guerras civiles en todas partes oyen, y en todas derraman , los mismos que con mejor semblante recibieron su propuesta la descubrieron inmediatamente al Alcalde Fernandez y al Sacristán : y estos rieron muy despacio la flaqueza y las maximas de los otros pobres.

Des-

Desconfiados pues los Tarugos
de hacer cosa de provecho en el
particular, desalentado el Presbítero, y desauciado Carráles, y tí-
mido é inutil el Albeitar; fue acor-
dado ya que no habia arbitrio de
resistir en lo principal, resistir á
lo menos en lo accesorio; por sacar del lance siquiera una particu-
la, vestigio, ó raja de manejo en
él, ó alguna especie de apariencia
de ser todo dispuesto con su gusto!
Quiero decir se acordó viniese en
buen hora Medico, ya que esto no
se podía estorvar; pero que viniese uno viejo, machucho, é ignorante, que estaba á la sazon despedido de cierto Pueblo cerca de
alli; y no un mozito soltero, que
tenia mucha fama de habil, á quien
se sonaba querian traer los inova-
dores. Verdad es era tanta y tan
universalmente conocida la diferien-

cia, entre esos dos facultativos, como que el Joven proveido de una decente Libreria adondé guardaba los mejores Medicos modernos y antiguos ; de salud y aplicacion para estudiarlos ; de una docilidad de entendimiento capaz de conocer y de confesar sus propios errores ; y de una atenta observacion asi de los arcanos de la naturaleza, como de la falivilidad de la medicina : era un hombre utilisimo á la salud humana , aplaudido en su Pueblo , y deseado en otros. Mas el viejo con menos libros que el Lic. Tarugo , y menos estudio que libros ; sanguinario perpetuo ; recetador infinito , duro de mollera , blando de palabras , y solo adornado de una apariencia de literatura que consistia en verter aforismos por aquella boca viniésen á quento ó dejasen de venir;

era

era una peste animada , poderoso
ayudador de las enfermedades, nacido fatalmente para castigo de los
hombres.

Siendo este el caracter de ambos Medicos, es de saber que además del motivo poco ha insinuado , tuvieron los Tarugos otros
muchos para inclinarse al viejo; el
principal de los quales (pues no
es necesario referirlos todos) con-
sistió en que como él se hallaba
despedido de su Pueblo , vino á
Conchuela a pretender luego que
tubo noticia de la novedad , que
se intentaba : y como tenia alguna luz de que eran dichos Tarugos los mandones , pareciendole
dependeria de ellos solos el logro
de su solicitud , a ellos visitó y
procuró captar con recomendaciones , y no cuidó de la benovolen-
cia de los demás. Y no solo esto,
si-

sino que se lo aseguró á ellos mismos asi, poniendose única y enteramente en sus manos ; y además elogió altisimamente una petición que habia logrado ver del Lic. Tarugo, ponderó sus talentos, las prendas de su Padre, la capacidad del Presbítero, y tanto hizo en fin, que no solo ganó á éstos, obligandoles á creer, era calumnia y persecución lo que se decia de su inhabilidad ; sino que ganó del mismo modo al Albeitar y á Carrales que fueron testigos de la visita ; y aun el ultimo adelantó en ella algunas observaciones para sí, sobre la mas fina ó sutil práctica de adular para quando se le ofreciesen.

Ello es que se resolvieron todos á promover la venida del referido Médico veterano, y la repulsa del joven ; y no se crea fue es-

esta una resolucion tontal , ó una
ceguedad de sus entendimientos ,
pues aunque tubo mucha dosis de
estos dos simples ; se persuadieron
tambien con toda seguridad y ofir-
meza à que importaba hacerse asi
por beneficio del público : lo uno
porque la ponderada habilidad de dicho Medico joven , nunca podria ser
mas que un complexo de bachille-
rías inutiles , indignas de compa-
rarse con la experiencia del viejo,
y la anciana solidez de su literatura : Lo segundo porque el tal
mozo era soltero , calidad que le
inutilizaba para ser admitido , segun la mas comun y juiciosa aprension de los Lugares , por lo que
podia peligrar la honestidad en sus
manos ; y lo tercero , y último porque este no pretendia , y el viejo
si : y era mas razon , ó mas ho-
norifico à Conchuela traer á quien
su-

suplicaba, que no el ir á rogar á quien acaso se haría de pencas para venir.

Resueltos pues en esto, y dados algunos pasos para atraer las gentes á lo mismo, no faltaron algunos Repúblicos, que ofreciesen sus votos, vencidos de la eficacia de los motivos antecedentes. En particular les hizo fuerza, la diversidad de edades de los dos Medicos, así porque es adagio ó refran: *el Medico viejo*; como porque sabian que en un Lugar diez veces mayor que Conchuela, de mucho fundamento y racionalidad, tratandose una ocasion de la eleccion de Medico, y siendo varios los pretendientes, les hicieron presentar las partidas de Bautismo, y fue preferido entre todos el que resultó de ellas ser el mas viejo. Egemplar que empezando á llevar á algunos tras de si, hubiera sido do poderoso por sus circunstancias de mover iá otros muchos; á no haberlo precabido el Cura, el Alcalde Fernandez, y el Sacristán, así enterando á todos, y convenciendo á los menos indociles de lo disparatado de semejante maxima, como acelerando la Junta, para salir quanto antes de la dificultad.

Digo la junta de Concejo para arreglar legitimamente la disposicion; en cuyo acto hubo uno ú otro vocal que empezó á voces sobre que subsistiesen las cosas como estaban, de lo qual se alegró en su corazon el Tio Tarugo; pero ahogado en su origen tal proyecto, con mayores gritos y fuerzas en contrario, quedó brevemente decidido que viniese Medico, y pasó la disputa á qual habia de ser. Sobre este punto pareciendo mayo-

res

res los debates , y acalorandose la
alteracion , fue necesario reducir-
la á votos , porque lo pidió así el
Lic. Tarugo protextando la nulidad si otra cosa se hacia , en la
inteligencia y satisfaccion de que
excederia en ellos su parcialidad.
Pero salió engañada su confianza,
pues tomados con secreto dichos
votos , por prevencion del Alcalde Fernandez , y contados despues,
tubo una tercera parte sola el Medico anciano , y las otras dos el
joven. Fue Carráles el que contó
las cedulas , y aunque era de los
interesados por el repelido , temió
el Lic. Tarugo no se hubiese equivocado en la quenta , y levantan-
dose , contandolas ó desengañan-
dose por sus mismos ojos , quedó
tan admirado del suceso que no
supo qué hablar , ni aun casi sabia volverse á su puesto de puro
asom-

asombrado. p No menos se aceleró
su Padre, aunque tubo destreza para disimularlo mas, y le quedaron
facultades para decir que eran nu-
los los votos, por haberse tomado
en secreto, cosa jamás vista en Conchuela: Riyóse Gaspar Fernandez
de aprehension, y riéronse tambien
otros Republicos, é iban ya enfadandose los Tarugos de verlos reir;
quando Juan Cucharero uno de los
votantes á su favor, deseoso de servirlos propuso un delicado arbitrio
que podia usarse en la eleccion mé-
dica, para que todos quedáran con-
formes, y no tubiese ninguno de que
sentirse. ella de consecuencia. A
Era éste el que desatendidos los
votos á causa de la novedad que se
les acababa de oponer, se reduxe-
se la duda á suertes, y fuese traido
de los dos Medicos aquel á quien esta tocára, sin mas competencia, ni de-

ten-

tencion: medio (dixo) que no podia
parecer estraño, pues solía practi-
carse con dicha en iguales ocurren-
cias en un teatro mucho mas espa-
cioso, y considerable que el suyo,
como sabian todos muy bien: Mas
siendo despreciado, y aun tratado
de ridiculo el pensamiento por todos los concurrentes á excepcion
de los Tarugos, y el Albeitar, que
le aprobaban; nada se vino á adelantar con él: antes paró la junta
en que se hiciese lo establecido á
pluralidad de votos; y en dar las
ultimas disposiciones para la venida del elegido Medico.

A consequencia de ellas se pre-
sentó éste á escriturar dentro de
pocos dias, y muy luego mudan-
do á Conchuela sus libros, y casa,
empezó á dar á conocer sus acier-
tos, y que admirar á los bien intencionados en el candor de su animo,

.II.

en la singularidad de sus prendas, y en el arreglo de su conducta. Solamente á dichos Tarugos, y al Presbítero, no acomodaban del todo esas prendas mismas; lo uno porque gustaban á sus contrarios; lo otro porque no iban fundadas sobre la basa, ó cimiento de tratarlos con particular obsequio, y adulacion; tambien porque quanto mas credito tomase, tanto mas deprimia el del Barbero, y aun si se apuraba el del mismo Lic. Tarugo; pues ofuscaba en algun modo la claridad de sus luces, con el mayor resplandor que atribuian los necios á las suyas; y yo sobre todo porque no se les habia olvidado ni podia olvidarse tan breve., era este tal Medico el traido á Conchuela contra su voluntad: y siendolo, ¿como podia ser tan bueno, util, y arreglado como parecia? En efecto no les

R 2   gus-

gustaba, y aunque trataban con él,
era solo por encima, ó con una especie de tan mal disimulada violen-
cia, que se les echaba de ver en
los rostros; y en otras muchas señales. Por tanto eran continuas sus
juntas con Carráles, sus proyectos,
y sus idéas sobre echarle del Lugar
de un modo, ú de otro, y dirigida
á este fin hubo despues una grave,
y peligrosa resolucion. Mas antes
de contarla será bien diga la Historia una heróica proeza del Lic. Tarugo, ó la sentencia que puso en
cierto pleito arduo que le traxeron
por entonces á Asesoría. up ʇoʇ nɐlq
o Vinole este negocio tan al caso
como que habia por lo menos tres
meses que no tomaba la pluma para exercitar su profesion, no por
falta de voluntad, y si de litigantes; pues en efecto, ó ya porque á
causa de la escaséz de frutos del año

an-

anterior estaba la gente quieta, y
sin pleitos: ò ya porque si los tenian fue desgracia el que ninguno se
acordase de nuestro Abogado: lo
cierto es vivió con descanso en aquel
tiempo, y que no empleó sus luces
en auxilios ni en oposicion de la
justicia en controversia algúna judicial. Pudo, por lo mismo dedi-
carlas todas enteras al mejor exito, giro, ó direccion de la discordias
de su Lugar, como hemos visto lo
hacía; pero esto no obstante no le
agradába tanta inquietud, y tampoco á su Padre ni al Presbítero, como le querian bien. Antes cabien-
do en sus pechos entre los demás
cuidados el gravisimo, si de si podria enmendarse ese fatál olvido
de dependiencias; consultaban el
modo de hacerlas venir casi tanto
como los otros puntos. Consulta-
banlo, digo, entre sí solos; asis-

tien-

tiendo alguna vez á las sesiones la
señora Abogada, y guardandose en
ellas de los otros amigos: porque
ya se sabia que eso de confesar flaqueza en semejante linea, ó por mejor
decir él mismo no regoldára ahitos, ó
á ahogados con la multitud de causas
detenidas, fuera un delito horrible,
nó ya en un Abogado, mas en qualquiera persona de curia; aunque
fuese por exemplo el mas infeliz, y
desconocido Agente de negocios, y
que solo podria tolerarse de pura gracia en algun necesitado Re-
ceptor.

O fuese por lo que oyeron al
Cura acerca de este punto en su primera visita, segun refirió el lib. 1.
ó porque lo hubiesen entendido por
otra parte: el Lic. Tarugo, su Padre, y el Presbítero, se hallaban
tan noticiosos de esa universalisi-
ma practica Curial, y tán firmes
en

en que no debian ellos empezarla
á perder : que no solo cuidaron de
ocultar el apuro en que se veian
á todos sus confidentes, sino que
trabajaban por persuadirles, para
que estos, lo dixesen á otros, que
eran muchas en la ocasion las ocupaciones de dicho Abogado. Quedò, pues pendiente de sus solos in-
genios, el arbitrio que se podria dar
paras salir de él : pero como este fuese dificil, pues era menester
mover los animos de los pleitean-
tes en los Pueblos del contorno, á
que diesen en venir á Conchuela, y
esto era obra larga: dieron de pronto en asomarse alternativamente cada uno de los tres por cierta azotea de la casa desde la qual se veia
bien todo el campo, á ver si acer-
taba á cruzarse algun litigante por
fortuna. Pasaban de hecho á ratos
entre algunos Arrieros, y otras

cla-

clases de personas cónocidamente traginantes, ò que viajaban con diferentes motivos, otras que daban muestra de ir á pleitos por caminar con su alforjilla al hombro; y al parecer con celeridad, y solicitud. Luego que el Presbítero, que era el mas continuo asomante veia á lo largo á alguno de estos, bajaba aprisa, y salia á tantearle al camino; pero se llevò muchos chascos, porque no pensaban en pleitos, y tenia que volverse murrio, y cansado de la repeticion inutil de sus viages. Mas á fuerza de constancia en la observacion por dicha azotea, yendo, y viniendo dias ya logrò atisvar á uno que parecia de los deseados; y saliendole al encuentro, se hallò que traia realmente unos autos de muchisimas hojas, dirigidos al Lic. Tarugo para que los sentenciára.

No

No es facil de ponderar la alegria que recibió nuestro Presbítero con el hallazgo, pues se sabe fue tan excesiva; y que tanto se apoderó de él, que por una parte quisiera adelantarse corriendo á llevar las noticia á su sobrino, y que habia con efecto empezado á correr: mas reflexionando por otra que era mas justo acompañar á dicho conductor para enseñarle la casa, se detuvo, marchó con él, y le llevó á la derecha, sin saber lo que se hacia. Al entrar por la puerta de los Tarugos, hallaron al Licenciado que los aguardaba, quien agasajando al propio con algunas expresiones de benevolencia, volvió á encaminarse sin detenerse al quarto del estudio. Aqui descargó el tal conductor los autos sobre la mesa; y regocijando nuevamente al Lic. Tarugo con la vista

de

de tanto volumen, y siendo pre-
guntado de adonde era, y á que
venia á reducirse tan abultado litigio, respondió: el pleito, y yo,
Señores, somos con perdon de vmds.
de un Lugar que se llama Valdeloso, abundante de pesca si tuvie-
ra rio; el qual confina con otros
muy famosos Pueblos de esta Alcarria, y dista de aqui mas de
ocho leguas. Esto es lo que hace
al Lugar. De lo que se pleitea, solo sabré decir á vmds. que es sobre unas hazas que poseia en el
termino por haberlas heredado de
su madre, un vecino de Corcoles,
Lugar no menos ilustre que el mio,
y no muy lejos de él, á quien se
las ha quitado, ò piensa en quitarselas un Hidalgo del mismo Valdeloso por decir que son suyas. Y
digame vmd. (preguntó el Lic. Tarugo), quien de ellos se dice por
allá

allá que tiene la justicia? En eso (respondió el propio) hay su variedad, según los juicios, ó inclinaciones de los hombres. Algunos creen que la tiene el Hidalgo; pero los mas aunque no lo entendemos, estámos persuadidos á que la tiene el pobre hombre de Corcoles, pues hace mas de quarenta años que se les ha visto poseer las hazas á él, y á su madre; y si las hubieran poseido sin razon, mucho antes pudieran habérselas quitado. Con todo aunque juzgamos asi, no dudamos que el tal pobre saldrá del pleito con las manos en la cabeza, y que el gananciosos, y vencedor será el Hidalgo; pues lo mismo le sucede en todos quantos pleitos pone, siendo asi que pone muchos por no hallarse según dice sin ellos, y ser uno de los pleitistas de profesion que hay en

la

la tierra; y en todos los demás
asuntos en que él interviene, ó entra
la mano, consigue del mismo modo quanto le da la gana de pretender; por ser hombre que ma-
neja á su gusto á los Alcaldes, y
Escribanos de mi Lugar, tiene abatidos, y sujetos á todos los demás individuos de él, y encuen-
tra amigos, y empeños en todas
partes.

¿ Y por qué motivo (volvió á preguntar al Lic. Tarugo) se me en-
via á mi este pleito á sentencia, estando tan lejos: y no se ha valido
el Señor Alcalde de tantos otros
Abogados de que abundan las cer-
canías de Valdeloso ? La verdad
sea dicha (respondió el conductor)
que allá no sabiamos hasta ahora,
que vmd. vivia en el mundo, ni
que pudiese haber Abogado en un
Pueblo como Conchuela. El dia an-
la   tes

tes de entregarme los Autos para
traerlos, se empezó á decir, y no
se yo si vinó la noticia del otro
Abogado que hay en Irueste, y
tambien ha sido Asesor en ellos, ô
qual fue el conductor quel la trajo:
Lo que si ohí, que los enviaban
acá, por lo mismo que vmd. era
desconocido, y podria obrar en
justicia sin apasionarse por ninguno de los interesados: asi lo aseguró el Alcalde que no quiso fuesen á un Abogado de Torronteras
por ser amigo del Hidalgo de mi
Lugar, ni á otro de Alozén, por
serlo del de Corcoles. Todo eso ha
sido bien mirado (interrumpió el
Lic. Berrucál) y ahora digo que
semejante Juez será recto, impar-
cial, y muy deseoso de hacer justicia. De todo hay en la Viña del
Señor (respondió el propio) y añadiendo algunas otras proposiciones

ambiguas, ó preñadas, que no acabaron de comprehender el tio, ni
el sobrino : concluyò con que se
iba, pidiendo carta, ó alguna otra
razon i del paradero de los Autos,
para darla de su persona.

Pusose á describirla el Lic. Tarugo, y mientras tanto, sacando el
Presbítero al tal propio á la cocina, dispuso le dieran un refri-
gerio para ayuda del camino, en
pago del buen dia que él les habia dado : lo qual hecho, y concluida la carta, se marchò, y el Lic.
Tarugo se dedicó inmediatamente á
irse enterando de los Autos. Leyó del primer empetón como una
tercera parte de ellos, sin llegar
aun á lo hondo, ó principio de la
verdadera dificultad, por ser todo
lo escrito hasta alli morralla inutil, ó sutilisimas excepciones dila-
torias ventiladas, y decididas. Asi

no pudo actuarse del punto del pleito
para explicarsele á su padre, y al
Presbítero que se lo preguntaban,
hasta que leyó de él mucho mas.
Comprehendió entonces que el citado litigio estrivaba en muy poco. El
de Corcoles poseia las tierras, por
herencia de su madre como el propio habia dicho, y tenia justificada la legitima adquisicion de ellas
en su abuelo por via de compra
cincuenta años anteriores al suscitamento del litigio; pero el Hidalgo de Valdeloso queria hacerlas suyas, porque descendiendo del vendedor trataba de falsa la venta. Mas
era tan endeble toda su probanza
en orden á esta falsedad, que van
contextes los Historiadores todos en
que era clara, notoria, é incontrovertible la justicia del otro. No obstante como el tál Hidalgo mandaba
á puntillones á los espiritus de su Lugar,

b i

gar,

gar, habia logrado no solo despo-
jar al reo de la posesion de sus tierras, é imposibilitarle hasta entonces la restitucion del mismo despo-
jo, manejando al ultimo lance se
pusiesen en sequestro: mas tambien
habia conseguido en las providencias interlocutorias, quantas idéas
se le antojaron por arduas, y ex-
traordinarias que fuesen; y si la
prueba del de Corcoles no fuera
instrumental, y hubiera dependido
de Testigos de Valdeloso, es muy
cierto, ó verosímil con arreglo á
dichas circunstancias que ella se
habria quedado sin hacer.

En efecto eran tan desiguales
como la justicia, las armas, y auxilios de los dos contendientes; y el
de Valdeloso, fiado en su poder esperaba la victoria con admirable
seguridad. Mas el Lic. Tarugo, en
cuyas manos estaba el negocio no
iba

iba poniendose de semblante de darsela al ver los atropellos padeci-
dos por el de Corcoles , y los demás vestigios de su justicia que iba
encontrando en la causa. Llegò en
fin, á lo ultimo de ella , adonde tropezó por dicha con dos autos ase-
sorados por su Maestro el Abogado de Irueste, tan sumamente propicios al Hidalgo , como pudieran
serlo, si los hubiera dictado él mismo , y aun hay quien afirme que
nunca podria él haberlos ideado
tan, favorables : y como por otra
parte era tan alto el credito que
de dicho su Maestro tenia nuestro
Abogado , tanta la experiencia de
su literatura , é invariable el concepto de que era incapáz de errar
en ninguna cosa : apenas los vió
quando se empezó á persuadir an-
dába de aquel lado la justicia , trayendo á él desde el otro todo su

corazon. Por casualidad supo el Cura algo del pleito porque el Tio Tarugo, y el Presbítero le estendieron brevemente por el Lugar, deseosos de que supiesen todos la felicidad del Abogado , y lo que iba dandose á conocer quando le buscaban de tan lejas tierras ; y pasando á visitarle con otro motivo le exhortó con eficacia á la rectitud , é imparcialidad de su sentencia , proponiendole los perjuicios , á que quedaria responsable delante de Dios , y aun lo que perderia delante de los hombres, si sentenciaba contra justicia por no reflexionarlo bien , ó por no sacudirse antes enteramente de qualquiera anticipacion de juicio , ú otro afecto de su animo , enemigo de la imparcialidad , ó propenso mas á uno que á otro de los litigantes.

De

De aqui pasaron á que el Lic. Tarugo, refirió á dicho Cura el pleito todo, que era lo que él deseaba; y pareciendo á este que la justicia, estaba clarisima, y notoria por el de Corcoles, no solo se lo dixo asi al mismo Abogado, mas tambien procuró animarle á que se la diera, y le desagraviase en su determinacion de las vejaciones, y atropellos que el pobre habia padecido. Además de esto como en las respuestas del Licenciado echase de ver el citado Cura lo movido que estaba ácia el Hidalgo por las ya referidas providencias de su Maestro, se detuvo un rato en el intento lo primero, de darle á conocer que esa era preocupacion, y que miéntras la tubiese, estando muy lejos su ánimo de la indiferencia, y serenidad debida, para acertar con lo justo, se-

ría

ría imposible que acertase, y agra-
viaria infaliblemente: y lo segundo de arrojar de su corazon con mil
reflexiones, y advertencias opor-
tunisimas, semejante engañosa anticipacion de juicio, de que le veia
apoderado. Entre otras muchas cosas, vino por ultimo á decirle, que
era muy distinto el juzgar á favor
de Pedro en una providencia inter-
locutoria, á juzgar favorablemente
ácia el mismo en la dfiinitiva; y
asi, aunque su Maestro se manifestase en las primeras inclinado á el
de Valdeloso, acaso si ahora hubiera de sentenciar, le condena-
ria con garvo, y no debia creerse otra cosa de él, si era hombre
de justificacion: en cuyo supuesto,
que el Lic. Tarugo (asi concluyó)
si le queria imitar, lo hiciese obrando como se debia esperar de él
que obraría en el caso presente, y
no

no poniendose por exemplares los pasados, de los quáles yá no se trataba.

Esto hizo alguna fuerza al Lic. Tarugo, à quien no la habia hecho las anteriores, y mejores reflexiones del Cura, que por lo mismo se omiten. Dió, pues, muestras de inclinarse al litigante de Corcoles, y de atender su justicia en la sentencia; y el tal Cura se fue á su casa medio satisfecho de que lo hária asi, y que habia sido útil su conversacion: no obstante que en el camino hasta dicha su casa, y despues en ella desahogandose con Fernandez, y el Sacristán, se le oyó quejarse con repeticion del lastimoso estado de la Justicia quando anda la pobre en tales manos, ó deben administrarla semejantes hombres.

De esto se infiere que él no sa-

lió seguro del todo en que el Lic. Tarugo, se aprovecharía de sus consejos,
antes temiá echase por el otro lado. Ni salió desmentida su desconfianza, porque como al fin, sub-
sistiese dicho Abogado en perplexidad de resultas de la visita, se le
acabò esta, y el de determinarse á
consequencia de otra que tuvo al
dia siguiente. Fue ella no menos
que del mismo Hidalgo de Valdeloso, actor en el pleito, ò preten-
diente de las hazas: el qual atento á su negocio, y á no dexarle
perder por paso, mas, ò menos:
luego que el conductor de los Autos volvió á su Lugar, sabiendo
los habia recibido el Lic. Tarugo,
se puso á caballo para ofrecerse á
sus ordenes en cumplimiento de su
obligacion. Présentòse en Conchue-
a con toda la obstentacion, y magestad de que puede ir acompañado

do qualquier Hidalgo Alcarreño, y se apeò en la posada. Gastò aqui un rato preguntando por yerbas, por Pueblos adònde poner, obligaciones de carnes, por algunas otras cosas, y arrojando tantas doblonadas, y caudal de aquella boca, que le escuchaban con las suyas abiertas el Mesonero, y algunos otros que acertaron á hallarse alli. Uno de estos era Carráles por casualidad, pues entrò llamado del estrepito de tanto oro, á ver si era de participantes, ò si se le ofrecia por dicha trabajar alguna cosa. Introdudujose con él, y se le familiarizò con tal idéa, pero sabiendo brevemente la que él traia, se ofreciò á servirle (creyendo que esto tambien podria dar de sí algo) y le acompañò á la visita del Lic. Tarugo, avisando antes á éste con el Albeitar paraque estuviese prevenido

He-

Hallaron con eso á la orden así á dicho Abogado, como á su Padre, y al Presbítero, que se esmeraron en obsequios, en expresiones, y en benevolencias con el Hidalgo; pero él, que podia darles quince, y falta en todo lo que es cultura á la moda, en apariencia, y exterioridad, pujò tanto mas alto las mismas demostraciones, que se los llevò tras de sí en el instante. Tuvieronle de hecho por caballero generoso, racional, y urbanisimo, y se inclinarian con facilidad á tenerle en todo lo demás que le diese la gana. El, conociendo la favorable disposicion, tocó muy luego el motivo de su venida, y entregò al Lic. Tarugo tres cartas, ó recomendaciones eficacisimas que traia para él : una del Alcalde de Valdeloso, otra del Escribano, y la tercera omnipotente por si sola en

en el asunto del celebre ya referido Abogado de Irueste. Traia la
ultima además del empeño, adjun-
to un borrador de la sentencia que
podia ponerse en el consabido pleito, para que el Lic. Tarugo, se de-
sembarazase de él con el solo le-
visimo trabajo de copiarla, y aña-
dir su firma debajo de ella; y las
otras dos le estimulaban á hacerlo
asi, con diferentes exemplares, y
razones: la principal que eso era
lo justo, pues el otro litigante era
hombre de mala fé, y falsa la Escritura de venta de las tierras en
el concepto de todos los inteli-
gentes.

Leyólas para sí nuestro Abogado, y mientras él las leía, el Tio Tarugo ansioso de complacer á tan
honrado huesped, dió orden de
traer á su casa desde el Meson al-
mozo, y la mula; cosa que él agra-
de-

deció mucho , despues de no haberla podido resistir , y admiraron
sobre manera las gentes del Lugar
noticiosas de su economia. En esto
acabò de leer las cartas el Lic:
Tarugo , y sin reservarse de los
asistentes , por la mucha confianza que debia tener de todos ellos,
vino á insinuar el asunto , á protes-
tar su deseo de servir á los que las
habian escrito , y sobre todos al in-
teresado á quien recomendaban ; pero esto (añadió con alguna frialdad)
de firmar no menos que una sentencia definitiva de otro ingenio,
pretension es ardùa , y no sé yo si
se habrá visto alguna otra vez. Se
habrá visto tantas (respondió inmediatamente Carráles) que si las su-
pieramos todas, lo tendriamos por
cosa vieja. No solo sentencia de otro
ingenio , y éste el que vmd. sabe, y
tanto aprecia , siendo su Maestro
aman-

amantisimo , que es lo que se le pide , y no debe por lo mismo dexarlo de hacer : pero aunque ella fuese del propio Abogado que defiende
á este señor , no debia vmd. reparar
en las circunstancias : por lo menos
yo no repararia ; y se de muy cierto
que no me habian de faltar en el
mundo exemplares de mi condescen-
dencia ; pues se ven en él muchas
cosas raras cada dia. Bien estoy en
que si esto se tratase delante de nuestro Cura , del durisimo, y seco Abogado de Tendilla , ó de otros genios como los suyos tan ridiculos,
y extraordinarios , se irritarian al
solo oirlo proponer , y lo tratarian
de maldad , exclamando además un
año entero contra nosotros , si no
se les iba á la mano. ¿Pero qué importa que ellos opinasen asi? ¿Es por
ventura comparable su opinion á la
de su Maestro de vmd. , que le pide
lo

lo contrario, y á la de tantos otros, que lo harian sin dificultad si se lo pidieran? Reduzcase pues vmd. á executarlo ; tome, y creame los derechos de sentencia, sin mas trabajar ; y sobre todo dé gusto al señor, y demás que le suplican ; que no le suplicáran sin mucha justicia, y razon, por no ser hombres de eso.

Asióse del supuesto ultimo el Hidalgo, reconocidisimo al auxilio de Carráles, y ratificó la notoria justificacion del intento, individualizando con sus nombres, y apellidos á veinte Abogados por la parte mas corta que segun dixo le dieron dictamen para poner la demanda, y tenian por indubitable la falsedad de la Escritura de venta; juntamente por infalibles de conseguir los demás pronunciamentos favorables que él deseaba particularmente el

de

de condenar siquiera en la mitad de
las costas á su contrario, y el de
apercibir, y multar al Letrado que
habia á este defendido, asi por su
mala fe, como por manifestar en
semejante conducta ingrato à varios
favores que le debia á él. Añadió
tenia algunos otros Abogados, dispuestos á firmar esa sentencia misma; pero que él, con las noticias
que le dió el de Irueste del Lic. Tarugo, habia manejado con el Alcalde le
prefiriese para Asesór bajo el pretexto de no ser conocido (con lo qual
no tendria el otro motivo para recusarles); peró en la realidad con
la esperanza de deberle el favor mejor que á ninguno; con el deseo de
acreditarle por lo que le estimaba;
y por ultimo con el de que se llevase antes que otro los derechos de la
repetida sentencia, que no eran de
despreciar. Dixo después, tantas

otras cosas conducentes; y favorá-
bles, tantas bellas especies diestra-
mente tocadas; y tanta fue en fin la
energia, dulzura de sus expresiones,
el agrado, y magestad de su semblante, y tanto el deseo que manifestò del
adelantamiento del Lic. Tarugo, que
no solo acabò de reducir á este á
su pretension, para lo qual le faltaba tan poco desde el principio, mas
tambien embobó á su Padre, he-
chizó al Clerigo, pasmò á Carráles,
y de tal modo asómbró al Albeitar, que lo escuchaba todo desde
un rincon, que le hizo prorrumpir
aturdido en otros disparatones alu-
sivos á admirarse del que hubiese
hombres tan brutos que se atrevie-
sen à tener pleitos con otros hombres como dicho Hidalgo. Parentesis que hizo reir á éste, é introduxo
al mismo Albeitar en la conversa-
sacion, bien que durò poco por
acer-

acercarse la hora de comer, y hallarse evacuado el punto principal.

Quedò, pues, resuelto el Lic. Tarugo, á poner en limpio, y firmar la sentencia de su Maestro, como lo exeeutó al dia siguiente, sirviendole de amanuense Carráles. Qué galardon, ó premios le diese el Hidalgo de Valdeloso por una fineza tan singular, no consta en la Historia, ni tampoco los que correspondian al mismo Carráles por su oficiosidad, y voluntaria agencia sobre conseguirla : antes se da por sentado, que ese caballero, garvoso de aquella clase de que se burla Marcial, como aquel Cayo, digo, que prometia, y no daba : reduxo á infinidad de esperanzas, y promesas toda la demostracion de su agradecimiento. Mas en estas fue tan largo, durante la comida, y en
to-

toda la conversacion de la tarde siguiente que permaneció alli, como puede inferirse de que ofreció al Lic. Tarugo no menos que hartarle de dependencias, y con las que habia de enviarle de su Lugar, y algunos inmediatos; hacer famoso, y admirable su nombre en toda la Alcarria; y proporcionarle asi á cierta grande elevacion de que era merecedor por sus talentos. A Carráles ofreció á solas la Escribania numeraria de dicho su Lugar, mucho mas pingue que la de Conchuela, para quando vacase; y de pronto dos Residencias que le valdrian mucho, y agenciaria al primer aviso en Madrid, uno de los infinitos favorecedores, y amigos que tenia alli, y en todas partes. Hubo tambien sus esperancillas para el Tio Tarugo, para el Presbítero, y á un para el Albeitar, arregladas á sus respectivos

vos

vos estados, y deseos; y húbolas por
ultimo para la Abogada mezcla-
das con su puntita de chichisveo,
ó civilidad. Con cuyas tretas ó
poco costosas liberalidades captó de
tal modo el afecto de todos esos
inocentes, que si quarenta sentencias hubiera necesitado firmar, quarenta se hubieran firmado; y quando dispuso volverse á su casa en
la mañana del otro dia, salieron
á despedirle todos juntos bien á
fuera de la Poblacion, por gozar
mas tiempo de su vista, y muy con-
tristados con su ausencia.

Olvidabase advertir, fue uno
de los presupuestos que se senta-
ron para la gracia de la sentencia, el que esta no se apelaria,
lo primero, porque se hallaba
ya tan gastado y consumido con
el pleito el de Corcoles que no
podia seguir semejante recurso en

ninguna manera ; y lo segundo porque aunque lo intentáse ya se buscaría algun medio de desbaratarle la intencion. Mas toda esta quenta salió errada ; pues aunque es verdad ocultó el Escribano de Valdeloso, ó dejó de leer la mitad de dicha sentencia al apolerado del referido litigante, y se usaron otros ardides con él para engañar su ignorancia, y que se pasase el termino sin apelar, no lo pudieron conseguir por las ordenes estrechas que tenia en contrario. Ni porque admitieron desatinadamente la tal apelacion solo en el un efecto, ni porque se le causó toda la mala obra que podian dar de si las circunstancias para acobardarle, dejó ella de seguirse en el Tribunal Superior con esfuerzo y actividad. Las resultas fueron, que

se revocó dicha sentencia, salió
condenado el Hidalgo en todas las
costas, multado en cinquenta ducados el Alcalde, en otros cinquenta el Escribano, en ciento el
Abogado de Irueste, y en doscientos con dos años de suspension de Oficio además, nuestro
Heróe el Lic. Tarugo, convir-
tiendosele en eso las elevaciones
y gruesas utilidades, que le fueron
ofrecidas por su proeza. Pero este catastrofe ó trastorno no vino á verificarse hasta dos años despues.

Volviendo al que ibamos, el
Cura sobre la pesadumbre que sacó de casa del Abogado al reflexionar la triste situacion de la
justicia pendiente de su desentona-
do alvedrio; tubo otra despues
consigo propio, temiendo que su
empeño por el litigante de Cor-

coles , pudiese conducir á que el
Lic. Tarugo excediese en la providencia , apasionandose por él.
Parecióle (y dijolo al Alcalde
Fernandez y al Sacristán) que el
citado empeño habia tenido mucho
de acelerado , y que hábia nacido en substancia de una perjudicial anticipacion de juicio , de las
que él mismo censuraba y cuida-
ba de precaver en otros ; las
quales son las mas comunes y
fecundas raices de errores en el
juzgar , aun en las mayores ca-
pacidades , y en los corazones
mas amantes de la Justicia. Es
decir : temió que el concepto suyo , de que esta la tenia muy
clara é indisputable el de Corcoles , habia nacido de solo refle-
xionarle pobre , forastero y atropellado en la causa . (calidades
que comunmente aficionan acia el
que

que las experimenta, á todo corazon bien complexionado): mas, que de haberlo entendido asi de los Autos, en la breve y compendiosisima relacion que le hicieron de ellos, comparó esta anticipada opinion, y todas sus semejantes á la que manifestaron en su juicio los personages que acompañaban á Jehú, quando le buscó el Profeta para ungirle en Rey de Israél ; pues antes de saber lo que le habia dicho, y si habria justo motivo para creerlo, ó para dudarlo, se disponian á escucharselo al mismo Jehú, en la inteligencia y seguridad de que era mentira. *„Falsum est, sed magis narra nobis.* Vean v. mds. (decia nuestro Cura) como se engañaron, pues salió verdad; y lo mismo acaso me habrá su-

T3   ce-

cedido á mi , pues podrá no
tener la justicia ese atropellado
litigante en quien la conceptué
con tanta ligereza , y á quien me
puse á recomendar : y otro tanto deberán temer en sí mismos
todos los que opinen , recomienden,
juzguen , ó se aficionen con igual
prontitud.

Mas ese cuidado ó temor hijo de la mas sincera rectitud y
escrupulosa justificacion del referido Cura , se desvaneció en breve con la venida del Hidalgo de
Valdeloso , y con las novedades que ella produjo en la determinacion ; las quales se supieron
inmediatamente , y dieron asúnto
á mucha admiracion y espanto en
la citada tertulia Parroquial. En
una larga junta , se especificaron
una por una , despues de pasado
el primer asombro , todas las li-
vian-

viandades, desarreglos, y ridiculeces del suceso expresado, y se halló que aunque eran en realidad muchisimas, y á primera vista horribles: no por eso venia á quedar el lance tan absolutamente indiscupable ó deplorado, que no se hubiesen visto en los Lugares algunos otros peores, que él. Por último al tocar lo de las cartas ó recomendaciones que habian intervenido, se lastimó el Cura lo primero, de lo introducido que se halla este vedado genero en todas partes, ó de que haya de servir de maquina motora de las obras del hombre en qualquiera su situacion, ni temiendole por lo elevado, ni desechandole por lo abatido. Quejóse tambien de su introduccion hasta en el Santuario, y admiróse con un Escritor piadoso, de como no se usa ya el ir al confesonario con cartas de favor. Y en

fin dijo ; que al ver quanto las men-
cionadas recomendaciones se prohi-
ben en nuestras Leyes , especialmente en los pleitos , y quanto no obstante se practican: podia compararse-
se su fortuna con la de los Gitanos,
y tambien con la de los Astrologos
del tiempo de Cornelio Tacito : *Ge-*
nus hominum ...... quod in Civitate nos-
tra , et vetabitur semper , et retine-
bitur.

LIBRO NONO.

SUMARIO.

SIguen las conversaciones en casa del Cura de resultas del suceso. Diferentes conductas de los dos Alcaldes. Acciones y proyectos de Gaspar Fernandez. Los nobilisimos, é ilustres del Tio Tarugo. Su afortunada destreza en abatir á la mayor parte de sus contrarios. Larga sesion que tubo con su hijo y con el Presbítero, laudatoria de la felicidad. Proyecto heroico de expeler al Medico de Conchuela, é invencibles dificultades que encuentran sobre su execucion. Llegan de auxilio en el apuro el Escribano y el Albeitar. Novedad horrible que refiere el primero, la qual ha-

hace precisa y en sumo grado necesaria dicha expulsion. Admirables ideas
para conseguirla. Dos excelentes que
se aprueban al fin. Ardua consulta
de una vieja al Lic. Tarugo acerca de
su testamento. Ingenioso dictamen de
este sobre traer Domine al Lugar con
ese motivo. Reduce á la vieja. Vuel-
vela el Cura, persuadiendola que
teste de otro modo. Notables debates
que se subscitan con esa ocasion. Providencia en ellos de Fernandez contra
el Lic. Tarugo. Irritacion de su Padre y consulta sobre todo en su casa.
Otra en la del Cura sobre lo mismo,
y sobre el mas delicado engaño de los
buenos Jueces. Junta inutil de los
dos Alcaldes.

COmo en los Lugares quando ocurre algun lancezuelo que puede servir de pabulo á las conversaciones, no se suele olvidar hasta que ocurre otro, cuya novedad llama á sí toda la atencion, el suceso del Hidálgo de Valdeloso no solo dió motivo en casa del Cura al discurso que se acaba de referir, mas dióle tambien á otras muchas sesiones y conferencias. En una de ellas, llá mas principal por cierto, hablandose del absoluto dominio é ilimitada superioridad que lograba en su Pueblo el mencionado Hidalgo, como esta era tecla tan molesta para los tertuliantes, empezaron á dolerse Gaspar Fernandez y el Sacristán lo primero: de la universalidad de semejante abu-

abuso, pues decian que apenas se
hallará territorio ó sociedad alguna de hombres adonde él no se ex-
perimente, ó á lo menos adonde
no se trabaje por le introducir. Y
dolianse lo segundo de tener advertido, que los Hidalgos, los ricos de
los Pueblos, los mismos Curas en
algunos, las personas de mas luces, y generalmente todos aquellos
mas proporcionados de suyo para
resistir á ese monstruo, son por lo
comun sus mas solicitos seguidores;
y los mas zelosos en atraherle, á
sus casas; aunque por otra parte
no les gusta ni pueden tolerar-
le aun de paso en las de sus vecinos.

Dolianse tanto de esto, hablaban y admirabanse los expresados,
que el Cura discurriendo largamen-
te sobre todo, hubo de hacerles ver,
que el sentimiento era justo y razo-
na-

nable, mas no lo era la admiracion, por no recaer sobre cosa que pudiera conceptuarse de novedad. Lejos de eso, decia, nada hay mas antiguo ni comun entre los hombres que ese fatal conato de subordinar los unos á los otros, y el emplear para conseguirlo las mismas favorables disposiciones que pudieran servir bien dirigidas á desterrar la opresion, y conservar á todos en igualdad y en obediencia. Aun antes que hubiese Leyes empezó el orgullo á atropellar á los desvalidos, ó á usar la fuerza para hacer su gusto el que podia mas, y por precaver semejante daño, nombraron los Medos por su primer Rey al rectisimo Deyoces, segun Herodoto: y la misma causa produjo en el juicio de Ciceron la Legislacion, y las demás Potestades. Establecidas estas para sujetar á todos á la

Jus-

Justicia, no se remedió dicha fatalidad tan completamente como se juzgaba; antes bien se ha verificado casi siempre el simil de Anacarsides al ver ocupado á Solón en formar las Leyes para Atenas. Quiero decir: que ha continuado no obstante atropellando el fuerte, abatido el flaco, y en mucha parte la Anarquía, confusion, ó desorden que se iba á desterrar.

Asi lo han acreditado los Siglos todos en los infinitos atropellos y desigualdades que han visto pasar, y asi proseguirá experimentandose mientras haya siglos, por mas que ellos se perficionen ó ilustren. Porque es tan conatural al hombre ese desgraciado impulso de mandar, ó constituirse superior á los otros hombres por el excesivo aprecio que hace de si mismo, que bien mirado apenas se hallará otro afecto

to igualmente radicado en su corazon : y por serlo tanto , aspirarán á lograrle como hasta aqui , quantos se sientan para ello con alguna proporcion, ó posibilidad ; y , á esto es consiguiente la experiencia de dichos atropellos, ó perjuicios. Con que siempre se verificarán (añadió el Sacristán) por esa quenta „ dispongan las Leyes lo que las dé la gana„ y multipliquense ellas, quanto pueden multiplicarse „ interin sean los hombres como se son „ ó no varien universalmente sus inclinaciones y conducta?

Si amigo , respondió el Parroco , quando ellos sean moderados con tanta generalidad , amantes sinceros de la Justicia „ y por decirlo en breve tan felices en el arte de domar su amor propio , como lo son comunmente en dejarse arrastrar de él ; entonces se acaba-

barán las ansias del dominio y los
perjudiciales abusos que son sus
compañeros inseparables : Pero in-
térin no haya en el mundo esa universal é imposible mudanza , siempre verá porcion de agravios y ti-
ranías , por mas que le gobiernen
Reyes justisimos , y sean muchos
sus rectos Jueces (los quales remediarán siempre mucho , pero no podran jamás remediarlo todo) , por
ser tantos los que aspirarán al dominio , ó á ser superiores y subordinar ; ó en una palabra , los
que atarían si pudiesen á sus pies
la cadena directora del Orbe, que
finge Homero debajo de los de Ju-
piter.

Ni se acabó con esto el discurso del Cura ; antes llevandole despues ácia los Lugares con particularidad , dijó que en ellos aun era
mas irremediable el citado perjuicio,

cio, y que en las sociedades mayores. Lo primero porque en estas
hay mas fuerzas y autoridad en la
Justicia, para reprimir el poder,
ó tenerle á raya. Y lo segundo
porque en los Lugares apenas hay
otra cosa á que aspirar para meter ruido. Es decir (no se quede
sin entender esta razon) que como
en ellos esas mismas personas de
algunas mas luces y poder, generalmente no militan, no estudian
ni aun leen, ni ocupan en fin sus
talentos y sus cuidados en alguna
empresa útil, ó en seguir algun
rumbo legitimo para la expectacion
ó superioridad porque anhelan;
¿qué les queda para conseguirla á
poco trabajo, sino el espurio de
meterse á manipulantes en sus Pueblos, disponerlo en ellos todo á
su voluntad, y tener dependiente
y subordinada aun á la Justicia?

Efectivamente dice un antiguo Historiador, quedaron convencidos Gaspar Fernandez y el Sacristán, de la fatal precision en que estamos de haber de experimentar el mencionado abuso; á no admirarse de verle en qualquiera parte adonde se encontrasen con él; y á recibir con risa ó con paciencia en lo posible, los intolerables efectos de que anda acompañado: principalmente quando los mirasen desde lejos como sucedia en los de Valdeloso. Y por último les advirtió el Cura para alentarlos mejor al desprecio de esa rediculez lo odiados que son en sus Pueblos todos quantos la intentan introducir, aun de aquellos que al parecer los adoran, ó andan dandoles incienso cada instante. Verdad muy repetida en nuestra Historia, y muy glosada en dicha tertulia: á la qual aludió el valentisimo ingenio de Lucano para dar novedad, y merito á las lagrimas, en la trágica muerte de Pompeyo: desde que aparecía, que le permanecieron las

> *Sonuit percussus planctibus*
> *Æter,*
> *Exemplo que carens, et nullo*
> *cognitus ævo*
> *Luctus erat, mortem populos de-*
> *flére potentis.*

A esto vino á reducirse la citada conferencia, y despues de referida la qual pasan los Historiadores, á mi parecer con mucho juicio, á insinuarnos algo del diverso orden de proceder que observaban en su gobierno los dos compañeros Alcaldes Gaspar Fernandez, y el Tio Tarugo. El primero además del celo, habilidad, y prudencia con que manejó la idea

de traer Medico; se aplicó á administrar justicia á quantos la buscaban con tanta prontitud é indiferencia, que desde los primeros dias
ó luego que le experimentaron las
gentes, todas acudian á él gustosas con sus juicios confiando las
resoluciones de su capacidad; y
en ninguno se valian del otro á
pesar de su practica y del Asesór
de pie que tenia consigo. Y aunque esto producia una suma diversidad en el trabajo de ambos Jueces, era menos molesta para Fernandez la laboriosidad y continuacion en la fatiga, que para el Tio
Tarugo y su hijo la inaccion ó excesivo descanso en que los dejaban
vivir en su gobierno los dos.

Ni se crea que por tanta aplicacion á ese ramo de las obligaciones
del buen Juez, aflojaba el mismo Fernandez en el cuidado de los demás

del gobierno y beneficio público,
que habia cargado sobre sus hom-
bros. Pues lejos de esto, cuidando
de cada cosa como si solo de ella
tubiera que cuidar, mejoró los ca-
minos, limpió las calles, compuso
la fuente, hizo un numeroso plan-
tío de Arboles para adorno y provecho del Lugar, y procuró me-
jorarle en fin de otras muchas maneras desconocidas en él, como en
casi todos b 2 ó 2 2 6 2 que no habia
sabido usar antes otro Alcalde alguno. Persiguió al ocio, las bor-
racheras y los delitos con un zelo
é integridad infatigables, sirvien-
do las condenaciones pecuniarias
con que los procuraba contener,
además de al escarmiento, de fondo, ó auxilio para las mejoras antecedentes, ó de llevarlas á execucion con poquisima penalidad.
Asimismo formó un útil proyecto de

re-

reparar á expensas del Publico varias casas de pobres que se estaban arruinando, imponiendolas una
competente y moderada contribucion anual á favor del mismo Público; la qual hubiese de cesar, luego que estubiese reintegrado de las
cantidades adelantadas. E ideó tambien introducir cierta Fabrica de
paño burdo en Conchuela para dar
ocupacion en sus manufacturas á
diferentes holgazanes de profesion
que habia en él; y tambien á varios mozuelos y mozuelas que se
hallaban en el noviciado de la holgazaneria ó mendicidad. Proyectos
que no pudo llevar á execucion por
acabarse en breve el año de su Judicatura, y porque siendo muy mal
recibidos á causa de su novedad de
la pandilla de los Tarugos, era
menester mas tiempo y menos ocupaciones para haber allanado los
in-

inconvenientes, que parecieron de
pronto, é iban naciendo en mayor
numero cada dia.

Hay quien afirme que si dichos
proyectos hubieran logrado la fortuna de ser introducidos, se hubiera evitado ó por lo menos diferi-
do bastante, la despoblacion á que
Conchuela iba caminando por la
posta. Y segun este juicio no solo
hace ese Escritor reos á los mismos
Tarugos de la deplorable ruina de
su Patria, por los impulsos de superioridad, majaderia y otros de
que se dejaron mover para la insinuada oposicion, mas tambien
añadiendo este egemplar á los de
las ruinas de Cartago, de Roma,
Jerusalen y otros Imperios, se em-
peña en persuadir que las faccio-
nes populares son la mayor y mas
terrible plaga que se puede experimentar, no solo en las Ciudades po-

V 4 de-

derosas como queria. Tito Livio,
sino aun en las miserás y reduci-
das Aldeas que se encuentran á cada paso. Mas dicho Escritor pro-
cédió en afirmarlo asi con demasiado acaloramiento ; y todos los demás Historiadores lejos de seguirle
aseguran que aunque es verdad hicieron oposicion los repetidos Tarugos á las ideas de Gaspar Fernandez , es cierto con todo eran
ellos poquisima cosa para resistir-
las , by hubieranse introducido de
hecho á pesar de sus obstáculos si
el mismo Fernandez hubiera dura-
do mas tiempo en la jurisdiccion ; si
los que entraron á regentarlas al
año siguiente hubiesen sido hombres de su espiritu de su entereza,
y de su laboriosidad ; y por último si á falta de esto hubiera tenido, el expresado mas caudal público ó siquiera propio de que dis-
po-

poner, y si fuera en fin Juez de
Conchuela en menos desgraciada
situacion que la de Alcalde Ordinario, siempre inútil para empresas
grandes.

De qualquier modo que ello fuese, esta era la conducta de Fernandez. La de Tio Tarugo llevaba otro rumbo y direccion. Pen-
saron al principio éste y su hijo
que serían mas buscados que el otro
en las controversias judiciales; y
pensaban tambien cederle algunas
para su decision, con que ir catequi-
zandole poco á poco. Mas como
viese pasaba la cosa tan al rebés,
determinaron por lucirlo y porque
no se llevase él solo toda la atencion, tomar providencias como se
pudiese, y meter ruido en el Lugar.
Proyéctaron lo primero allanar un
grande barranco por donde iba el
camino á cierta heredad suya, pa-

ra

rá mejorarla á costa del público considerablemente ; pero siendo costosísima semejante obra y hallando terrible oposicion en todos los Repúblicos , fueron forzados á dejar el proyecto ,. con la molestia además de ver reirse de él , y censurarle á muchos envidiosos y mal intencionados.

Idearon despues cerrar los perros en el corralon adonde estubo preso el Buey y conservarlos siempre alli , porque no anduviesen sueltos , ladrando , inquietando á las gentes , comiendose lo mal alzado, y haciendo en fin otros perjuicios que son notorios , especialmente en tiempo de uba ; y aunque se sabe que esta admirable idea no fue en ellos original , fueron tan desgraciados que tampoco pudieron llevarla á execucion completamente

Siguióse otra sobre los borricos cerriles para qué anduviesen con arreglo y custodia por el campo, con paz y quietud por el Lugar, y entrasen en él y saliesen siempre juntos. Otra sobre tener á raya las gallinas, que no andubiesen por los sembrados, ni aun por las calles, molestando los oidos con su desapacible cacareo. Y hubolas por ultimo contra las rondas y tumultos de los gatos, contra el gruñir de los cerdos, contra el vozerío, juegos y carracas de los muchachos, y sobre otros muchos objetos poco menos nobles é importantes: pero en todas persiguió á los Tarugos la desgracia para que no se viniesen á introducir.

No obstante en los diferentes pasos que hubieron de dar para llevarlas á efecto, halló el talento y experiencia del Tio Tarugo arbibitrios , sino para competir á Fernandez ; y ponerse de un buelo en la altura de dominio y expectacion, que se deseaba , por lo menos para hacerse respetar , cobrar deudas atrasadas , y dar su merecido à algunos guapos. Es decir le fueron ocasion de satisfacerse muy á su gusto, lo primero , de aquellos atrevidos compensadores del daño de las viñas ó destruidores del avenar , que de tantas pesadumbres le fueron causa ; lo segundo : del ridiculo Alcalde antecesor , el de la quimera y pleito succesivos ; lo tercero : de los señores testigos que osaron declarar este lance sin ningun respeto ; y lo quarto ; de algunos otros enemigos , ó desatentos hombres que habian ido descubriendo los disturbios antecedentes , ó lastimosos infortunios de su casa. Pues en efecto los unos con pretex-

texto de sus desobediencias en los unos
casos, y los otros por si faltaban en
el cumplimiento de los otros, padecie-
ron prisiones, aflojaron dinero, y llevaron bastantes malos ratos en premio de sus servicios.

Verdad es había entre ellos personas de alguna resolución, y señaladamente lo era el Alcalde del
año antecedente á quien el Tio Tarugo no hallando otra parte por
donde asirle, tubo ocho dias en la
carcel, y penó en seis ducados con
uno de dichos motivos : dudase si
fue por falta en orden á las gallinas, ó porque gritaba mucho un
niño suyo cierta tarde jugando con
otros niños al trompo. Pues este
Alcalde, y los demás que se parecian á él en la resolución, quisieron resistirse al castigo que tan jus-
tificadamente se les imponía, pero
hubieron al fin de someterse y re-
ci-

cibirle con paciencia. La causa de
hacerlo asi vino á ser en substancia la no sobra de medios en que
se veian , y el temor de los gastos necesarios para redimirse del
atropello en la Superioridad ; cu-
yos dos principios comunes y jamás olvidados de las pobres gentes de los Lugares , son los que dan
en ellos impunidad al mayor numero de las injusticias. Digo, que
esos dos principios ocasionaron en
aquellos hombres la no resistencia
al castigo que venia sobre ellos,
porque reflexionaron cada uno para si lo mucho mas que les habia
de costar el pleito si le pusiesen,
y juzgaron útil libertarse de él su-
friendo un daño menor.

Consiguió por tanto el Tio Tarugo hacerles soltar la mosca , aba-
tirles y satisfacerse de los disgustos
pasados con mucha facilidad : y
co-

como aun le pareciese que los dañadores de la avena de quienes todo habia nacido no quedaban tan
domados como quedarlo debian,
tomó para supeditarlos mas otro
expediente ó arbitrio no menos facil y trillado. Redujose éste á llamarlos, y reconviniendoles con
destreza sobre que habian censura-
do sus condenaciones ó quejandose
de ellas con repeticion (de lo qual
era el Albeitar testigo) pasó á
prevenirles cerrasen la boca, ó
que volverían á abrir la bolsa otra
vez : añadiendo algunas otras amenazas y proposiciones dirigidas á
picarlos en el asunto ; como quien
conocia su enfado y su viveza. A
poco que les dijo , ellos que no ne-
cesitaban de mucho , se acaloraron
lo bastante, y vinieron á tratar con
voces y con despecho de maldades
é injusticias las citadas providencias

cias anteriores. Enfervorizóse entonces el Tio Tarugo, y echandolos mano auxiliado de su hijo, de Carráles, del Albeitar y del Alguacil, los condujo á la carcel nuevamente, ometiendolos en el calabozo trillado. Rodrigo Criado.

Formó despues la y correspondiente causa de oficio; en la qual ponderando lo mas que se pudo el desacato, se examinaron testigos, se embargaron bienes y se nombró Fiscál, y se acriminó de tal modo la cosa, que los infelices se vieron precisados á buscar rogadores, á interesar sobre que lo fuesen al Cura, á Gaspar Fernandez, al Sacristán, y á otros diferentes vecinos; á suplicar por sí, y á solicitar en fin la compostura con todo genero de rendimiento y sumision. Y por último hasta que todos hablaron y lo pidieron con instancia,

y

y hasta qué fueron seis veces las
mugeres de dichos reos llorosas, y
desgreñadas á casa de los Tarugos
á pedir perdón muy de veras, no se
cortò el pleito , ni hubo en él suspension alguna. Ya despues de todo eso pareció conveniente el cor-
tárle por complacer á los insinuados rogadores : mas se hizo tan á
satisfaccion del Tio Tarugo, y con
tanto desague pecuniario de los
otros infelices que se creyó no vol-
verian á levantar cabeza mientras
viviesen.

Quedaron de hecho exanimes, y
temerosos de su fortuna ; y queda-
ronlo con su exemplo algunos otros
personages de los mas erguidos, y
altaneros que abrigaba en su seno
nuestro Conchuela. Con cuyo severo proceder estraño en el Tio Tarugo, y tan opuesto á las maximas
del Abogado de Irueste, las quales

hi-

hizo olvidar por entonces la memoria de lo pasado, logró aquel abatir en parte á sus émulos, y hacerse por fuerza respetar; y si como le usó con los expresados, hubiera podido dirigirle contra su compañero el Alcalde Fernandez, y atrevidose contra el Sacristán, hubieran sido mayores sus progresos en la materia. Mas como al fin el respeto que se adquiere con el terror sea un respeto forzado que confina con el odio, y pasa á serlo con facilidad no produxo el adquirido ventajas muy considerables ácia las intenciones de dicho Juez, ni le fuera tan útil, como creia, aunque hubiese logrado estenderle mas.

Su hijo admirandose de los aparentes favorables efectos que iban resultando de dicha rigidéz, como esta era tan conforme á su temperamento, aprobó con gozo todo lo

X   obra-

obrado: y valiendose un dia de ese mismo exemplar, reconvino al Padre á presencia del Presbítero lo primero: de quanto mas ventajoso era semejante proceder que el de la blandura, contra lo que tantas veces le habia este querido persuadir; y lo segundo: sobre que no debian seguirse en la practica aquellas sutiles, pero blandas, y madurativas advertencias de su Maestro, de que tanto caso habian hecho hasta entonces, por confundirlas la experiencia, y ser ellas absolutamente inutiles para el logro del dominio como llevaban visto hasta alli. El Tio Tarugo cogido por una parte con sus obras, y atacado por otra con sus prevenciones antiguas, no supo de pronto que decir para salir victorioso de la dificultad. Solo despues de reflexionarla vino á responder al hijo que ni siempre debia usar-

se

se la dureza, ni siempre la benigni-
dad; que era preciso arreglar una,
y otra á las personas, y á las ocasiones: en aquellas segun fuesen mas,
ó menos espirituosas, acomodadas,
y capaces de defenderse, ó de acudir arriba; y en estas segun la menor? ó mayor importancia de dar á
otros en la cabeza conforme á sus
precedentes desatenciones, ó desaca-
tos! Por lo mismo que siendolo graves las ocurridas á ellos con todos
los sugetos acabados de supeditar,
habia sido forzoso variar el comun
orden de proceder, y usar de aspereza, y darles su merecido: pero
por quanto se diferenciaban notablemente unos, y otros en los medios,
y proporcion de desenredarse del
golpe, habia sido no menos necesario templarle de modo que le llevasen mayor los que podian menos.

Co-

Conoció entonces el Lic. Tarugo, la prudencia, y capacidad de su Padre, como tambien el motivo por el qual habian salido los mas gravados en sus providencias, los ultimos mal hechores, del avenar; y no el anterior Alcalde su padrino, ni los iniquos testigos de las ventanas que lo merecian mejor á su parecer. Advirtió asimismo la justisima razon porque no se atrevia dicho su Padre á romper tan fuerte con el Cura ni el Sacristán, ni se atreveria con Fernandez aunque no fuese su compañero: y despues de advertir, reconocer, y aun celebrar todo esto, preguntó al Padre: ¿adónde habia aprehendido aquel delicado arte de picar á los reos con palabras, al parecer buenas, ó necesarias de decirse, para hacerles caer en desacato, y castigarlos á su consequencia con suma

jus-

justificacion ?¡ Rióse el Tio Tarugo de la duda del hijo , confesan-
dole que semejantes delicadezas solo se aprenden con la experiencia,
y con los años : por lo menos que
él no sabía tal arbitrio hasta que
le vió usar con fortuna á diferentes
ilustres Alcaldes unos vivos, y otros
difuntos , cuyas obras serían siempre dignas de imitacion , y de
aplauso.

Siguió algun rato mas la conversacion en la misma materia, refiriendo lances , y señalando primores Alcaldeños dirigidos por aquel
rumbo ; y despues , como es propio de la ambicion humana , lo-
grando una cosa no satisfacerse con
ella , sino antes desear otras mas
altas, ó dificiles de conseguir ; en-
traronse sin sentirlo , á tratar si habria algun arbitrio , ó forma de dar
en la cabeza al Medico , para que
se

se aburriese; y marchase del Lugar de una vez, dexando con su ida sosegado el Pueblo, quietos los animos, abatidos los señores que tanto trabajaron por traerle, y victoriosos à ellos como á los demás que siempre fueron constantes en que no hubiese de venir. Golpe era éste que produxera desde luego en gran parte todas esas fortunas, ó ventajas; pero quanto tenia de útil para dichos Tarugos, otro tanto tenia de arduo, ó dificil de exēcutar bien. La terrible coligacion del Cura, de Gaspar Fernandez, del Sacristán, y de otros muchos vecinos antes tan firmes en traer á ese Medico, y cada dia mas resueltos en conservarle, porque le iban conociendo mejor; hacia creer que al menor paso que se diese contra el relativo á la idéa; saldrian todos los otros á campaña para defenderle; y sá-

lien-

liendo era consiguiente á nuestros
amigos el verla frustrada y arruinada del todo, quedandoles en ello
nuevos principios de inquietudes de
pesares, y de sentimientos.

Reflexionólo asi el Tio Tarugo,
y conformandose con su juicio el
Lic. Berrucál, faltó poco para que
se estableciese en aquella primera
junta el prestar paciencia en lo pasado, y dexar en sosiego al tal Medico para siempre. Pero mirandolo mejor el Lic. Tarugo le pareció
debia esforzar su eloquencia, y contener semejante resolucion como la
mas perjudicial, y dañosa. Si nada
hacemos (dixo á su Padre, y Tio)
en el empeño, tan útil, é importante á nosotros como á nuestros
parciales, de aburrir á ese hombre
hasta obligarle á que eche pies á
fuera del Lugar, no habrá en él ninguno tan tonto que no conozca lo de-

xa-

xamos solo por falta de fuerzas, para llevarle á execucion : luego será eso confesar publicamente, ó sin rebozo ; que pueden mas que nosotros nuestros contrarios; que ellos son los verdaderos dominantes de Conchuela, y nosotros los infelices abatidos, é inutiles destinados ya por desgracia á solo obedecer. ¿ Cómo pues con un concepto. asi volverémos à adquirir el dominio en tiempo alguno? Si teniendo la vara, y con ella tanta facultad, y poder nos reconocen tan flacos, tan obedientes, y tan sumisos: ¿ quando no la tengamos qué caso harán las gentes de nosotros ? ¿ Cómo habrà quien nos tema ? ¿ Cómo quien se nos sujete con gusto? O por mejor decirlo : ¿Cómo habrà quien no nos burle, quien no nos desprecie, ó abata? Es pues necesario seguir à todo trance la intencion de desquiquiciarle de aqui, ó dexar *in perpe-tuum* la de radicar el dominio en nuestra casa.

- Dixeronle à esto los expresados su Tio, y Padre, que no iba fuera de razon en su discurso; pero que se hiciese cargo de lo que ellos acababan de advertir, y conoceria lo primero: que romper à las claras en el proyecto de echar al Medico del Lugar era romper no con el tal Medico solo, sino tambien con el Cura, Fernandez, el Sacristàn, y todos sus parciales, y à afectos, que venian á ser mas de las dos partes de vecinos. Lo segundo: que contra tantas fuerzas unidas ¿cómo seria posible conseguir la intencion? Lo tercero: que no conseguirla despues de haberla manifestado, seria lejos de adelantar, perder terreno considerable en quanto al mismo dominio, como lo tenian visto por ex-

pe-

periencia en todos los proyectos anteriores. Y por ultimo le dixeron: se acordase de las maximas de su docto, é ilustre Maestro el Aboga- do de Irueste, con particularidad de las que les habia enseñado en el ul- timo viage; y veria como absolu- tamente no se debia tomar la cosa por tan alto, debiendose si, buscar el dominio por camino mas suave, y artificioso como de los mismos docu- mentos constaba.

Ya he dicho, replicó el Lic. Ta- rugo, que esas maximas de mi Maes- tro son blandas, y madurativas; pe- ro del todo inutiles para adquirir el dominio en ninguna parte, como lo convence la experiencia. Y sinó ¿ por qué vmd. mismo (volviendo- se al Padre) no las ha usado con- tra esos pobretes de quienes empe- zamos à hablar? ¿Podrà negar aca- so que usandolas jamàs hubiera lo- gra-

grado el abatirlos, como lo están
hoy, y que fue necesario para ello
valerse de la fuerza, y del rigor?
¿Luego qué caso deberemos hacer
de semejantes maximas? Dexemo-
nos, pues de ellas, ó à lo menos
nadie me las vuelva à recordar à
mí. Yo estimo à mi Maestro, y
aun le venero como al mas docto,
y benemerito Abogado de la Alcarria, pues lo es sin la menor duda, ó controversia; pero como
por ser tan grande no dexa de ser
hombre, reconozco se puede engañar en alguna cosa: principalmente en puntos como éste que no se
tratan en la Jurisprudencia, á cu-
yos terminos se halla ceñido el in-
menso fondo de su literatura. Pero
hijo (repuso su Padre) de qualquier
modo que ello sea, el juicio, y la
razon convencen que no podemos
proceder en ese asunto con el garvo,

vo, y valentia que quisieras tu; y
que debemos agarrarnos en quanto
á el de la blandura, y madurati-
vo tiento que te empeñas en abominar para todo caso. Dime: ¿ ti-
randole al Medico á las claras, no
conoces han de salir á su defensa
el Cura, y todos los demás como
te se ha dicho? ¿Y saliendo no es
constante que nada hemos de conseguir? Luego nos importa dar tiempo al tiempo, y aconsejarnos con
la ocasion. Verdad es que con esos
otros hombres no he procedido
asi: ¿ pero no adviertes quanto dis-
tan del Medico en los medios, ó
proporcion de desenredarse en la
liga con aquellos nuestros contrarios; y finalmente quan diferentes son
las circunstancias de una y otra idea?
Miralo bien y hallarás que el mismo juicio que mandaba alli el obrar
con valor, nos obliga aqui á irnos
des-

despacio. No ignoro yo ha habido Alcalde que echó de su Lugar á un facultativo por solo su gusto contra la voluntad de casi todas las demàs personas de aquel Pueblo, y aun yo mismo lo hice aqui con el otro Medico à quien nadie fue poderoso á detener : pero no son unos todos los tiempos; y menos las fortunas, y las circunstancias.

Debió por fin hacer esto alguna fuerza al Lic. Tarugo, pues se quedó al oirlo suspenso, y silencioso, en ademán de convencido, ó de hacerse cargo de la razon; y fue creciendo por puntos en esas señales oyendo otro discurso del Lic. Berrucàle, en el qual vió nuevamente aprobadas las reflexiones de su Padre, con gran copia de doctrinas de eloquencia, y de juicio. Ibase, pues, executoriando la quietud del Medico : mas la suerte que no que-

queria se acabase, de establecer por
entonces, dispuso llegasen de auxilio à la conversacion el Escribano,
y el Albeitar. Llegados estos, el
Lic. Tarugo como los conocia tan
acalorados como á ellos en el particular, no se detubo en instruirles
de lo que se habia hablado, y del
apuro, é infelicidad en que se veian.
El Albeitar solo respondió que era
una lastima se hubiese traido á semejante Medico al Lugar; que daba asco el verle tan mono, y tan
erguido por las calles; y que lo
peor era lo huecos, é hinchados que
andaban con él todos sus parciales, ó
traedores: pero Carráles mas irritado que otro alguno en la materia, le pareció profundizarla, y
ayudar con todo su ingenio las intenciones de que ese Medico se hubiese de ir...

Mas para que se entienda como

la

la profundizò, y el artificio con que
se supo manejar para volver á encender fuégo en los medio amor-
tiguados animos del Presbítero, y
de los Tárugos, debemos advertir, que la casa adonde mas, ó casi unicamente concurria dicho Medico era la del Cura ; y como en
esta asistian con frequencia tambien, el Alcalde Fernandez, y el
Sacristán, eran muchas muy continuas, y largas las tertulias, y
conferencias de los quatro. Trata-
banse en estas por lo comun los
sucesos ocurrentes del dia, y por
tanto se hablaba á veces de los
Tarugos, y de sus cosas, y asimismo de las del Albeitar, Escribano, y otros ilustres personages de
la vecindad: Tambien solia hablar-
se de literatura, y erudicion, especialmente entre el Cura, y el Medico, de Poesia á que era el ultimo

mo aficionado de Historia, y aun
del dificil empleo de los Jueces,
con otros muchos puntos: de modo, que venia á ser dicha tertulia
una silva de varia leccion, ò un
teatro delectable en que pasar la
vida humana con algun alivio de la
ociosidad, y de las melancolias al-
deanas; ó mas propiamente un no
reprehensible arbitrio de hacer ati-
cas, y gustosas en partes las noches; y los dias. En estas pues mis-
celaneas juntas, el Medico que de
suyo era ingenuo, y conformaba
en las aprehensiones con el Cura, y
los otros dos concurrentes, decia
su dictamen, sobre todo con perfecta sinceridad; y proponia como
ciertas diferentes maximas opuestas
mas que la luz á las sombras, á los
que acostumbraban seguir nuestros
Tarugos. Además de esto dos dias
antes, como en la mencionada asam-

blea se hubiese tocado por casualidad algo alusivo á reforma de
abusos ; él, estimulado del Cura
compendió en dos decimas los que
eran á su parecer mas dignos de ser
muy pronto reformados ; y en ellas
descubriendo su caracter daba una
vista muy clara, asi de aquellas
maximas, como de lo que dichos
Tarugos, y el Presbítero podian esperar de él.

Tenia Carráles estas decimas,
porque habiendolas copiado el Sacristán, y dadolas á leer á algunos amigos, llegaron con facilidad
á sus manos : y conociendo el gran
efecto que habian de hacer en aqué-
lla otra junta, las sacó, y leyó en
voz alta para que oyesen que decian asi.

Si á enmendar abusos vamos,
Yo por mi parte quisiera,

Se

Se moderase siquiera
El exceso en estos ramos.
El inutil que admiramos
De Abogaditos pleitistas;
El de nuestros Galenistas
O Medicastros fatales;
Y los tan perjudiciales
De ociosos, y petardistas.
El de los necios mandones
Que en todas partes se ven;
Y el que me enfada tambien
De astutos, y socarrones.
Item el de esos brivones
Practicos en adular;
Y en fin quisiera quitar
Por remedio, de un abance,
Los Clerigos de romance;
Y los otros aumentar.

Leidas, pasó con destreza á co-
mentarlas, aplicando á cada uno
de sus colocutores, lo que de ellas
les correspondia: Sin perdonar á

su-

su suegro el Albeitar ni aun á sí
mismo, y probó además que de só-
los ellos se hablaba de proposito.
Despues les dixo, reflexionasen lo
primero: ¡qué pasaria contra ellos
en las secretas conversaciones de
tales amigos, quando en esas decimas que no reservaban del público, se les trataba asi! Y lo segundo: que, bien mirado todo, era claro, pendia su honra, y su bien estar en adelante, de arrojar á ese
hombre del Pueblo; y que no se debia pensar en otra cosa.

Dixolo laconicamente, porque el
enfado y acaloramiento de los que
le oian no le dieron lugar para
decirlo con mas estension; pues en
efecto de tal modo se encendieron
sus rostros, se alteraron sus animos,
y palpitaban de ira sus corazones
al oir las decimas, que fue mucho
pudiesen atender hasta el fin aun á

esas

esas pocas palabras. Ello fue tal
la citada alteracion, que oidas estas se levantaron á un golpe de sus
respectivos asientos el Presbítero,
y los Tarugos, tan deseosos cada uno
de hablar el primero en contextacion al punto de Carráles que fue
menester acudiesen éste, y su suegro á reportarlos, haciendolos se
volviesen á sentar. Continuó despues
de sentados la misma porfia ; pero
moderada de nuevo por dichos pacificadores, habló en fin en primer
lugar el Presbítero, y dixo: que ese
iniquo Medico autor de las decimas por fuerza era hombre impío,
irreligioso, ó acaso herege, quando tanto mal decia del estado Eclesiastico ; y que era su sentir se le
delatase al Santo Tribunal de Inquisicion: Tras esto glosó el verso,
ó expresion de *Clerigos Romancistas*, dandola tantas varias inteli-

Y 3   gen-

gencias, y descubriendo el fondo de
su malicia por tantos lados, que
no pudo menos de reirse con su discurso el mismo Carráles tan acalorado, y tan acalorador, y él, viendole reir se enfadó mas, se salió de
la junta, y se fue á su casa despe-
chado. Siguió la sesion despues de
su ida, ponderando el Tio Tarugo
la avilantez de aquel osado Poeta,
asi en lo que decia de los *necios
mandones*, como en todo lo demás
del contenido de sus coplas: y lo
peor era que por ellos lo queria decir claramente, segun el propio Carráles habia advertido muy bien. Por
tanto que era forzoso, é irremediable ya el pensar como echarle de
Conchuela.

Habló luego el Lic. Tarugo, quien
aprobando el discurso de su Padre,
y aun el de su Tio, añadió: que
además de lo de osado, y herege,

ge , tenia muchisimo de majadero, y barbaro el referido Medicuelo Poeta. Probó su juicio, reflexionando la fatua explicacion de *Aboga-ditos pleitistas.* Ven acá bruto (decia el nuestro, ciego de colera): ¿qué sabes tu de pleitos, ni de Abogados? Si el Abogado no fuese pleitista ¿cómo podrá ser Abogado? Luego te implicas en lo que hablas, y no sabes lo que te dices. Ratifico, pues , (concluyó) que importa por todos lados el echarle de aquí. Confirmóse, ultimamente por el Albeitar el juicio, prudencia, y cristiandad de todos aquellos sus señores; y confirmado quedó uniformemente establecida la resolucion.

⸻ Mas como en llevarla á efecto estaba la dificultad, volvió á avivarse la consulta sobre ese punto solo con suma atencion de los animos.

mos. El Lic. Tarugo era de dictamen se le hiciese causa de oficio, tomando por pretexto para ella las
decimas mismas, como que indubi-
tablemente eran un famoso libelo;
y que se siguiese con eficacia, y
garbo hasta lograr saliese dester-
rado del Pueblo por la sentencia;
que era lo menos que se podia conseguir. Pero esta idéa tenia contra
sí todas las dificultades que habia
ponderado desde el principio el
Tio Tarugo: las quales repetidas
por éste, y aprobadas por el Escribano, hicieron precisa, é indis-
pensable la continuacion del trabajo en nuestros consulentes para descubrir algun otro rumbo. Pensaron-
se varios por todos ellos, cuya in-
subsistencia, ó falta de solidéz en
las circunstancias, reconocieron al
instante sin embargo de su pasion;
y como ninguno gustaba se le ocurrió

rió al Albéitar uno muy ingenioso,
y sutíl: aunque túbo la desgracia
de ser aprehendido, y no original.
Reduciase éste á que se le levanta-
se algun enredo ácia la delicada materia de la honestidad, el qual siendo como era soltero, sería muy facil de creer; y creido, lo sería aun
mas él dar sobre él hasta que fuese;
ó acaso el que levantasen muchos
el grito para echarle, temiendose cada uno de su casa en otro dia.

Hay Historiador que no solo afirma esta ingeniosidad de nuestro Albeitar, mas añade tambien, que
ofreció á su muger para el próyec-
to de fingir la solicitud; y aun á
su hija si gustaba Carráles. Pero aunque se escuchó con aplauso
el pensamiento por lo sutíl, fue universalmente reprobado, por contener aun mayores dificultades que
el del Lic. Tarugo; y principal-
men-

mente la de encontrar testigos con
quienes comprobar la certeza del
hecho, y siempre firmes en su contextacion. En una palabra : reconoció el mismo Carráles, ser imposible en la actualidad el fraguar tal
calumnia de modo, que no fuese
muy pronto descubierta. Rechazó-
se, pues, como inutil, y ruinoso
el ilustre arbitrio de su suegro.

Rechazado éste, despreciados los
otros, y no pareciendo ninguno
bien, se aumentó el cuidado, y la
confusion de la tertulia. Quedaron-
se un rato silenciosos los tertuliantes, rumiando cada uno á solas su pesar; en cuyo espacio echó de ver para sí el Lic. Tarugo, que tampoco era
muy infalible, y segura aquella
maxima de su Maestro: *que unido
él con Carráles, nada le seria imposible*; bien que suspendió el creerlo del todo hasta experimentar como

mo salian al fin los dos juntos del
empeño importantisimo que tenian
entre manos. Ultimamente despues
de algunos minutos que duró el silencio, propuso el Albeitar se usa-
se con ese hombre, para hacerle
saltar; de un medio que acaso sería facil; y conseguirian en ellos
su intencion sin cuidado, ni pesadumbres, aunque sí con alguna pausa: Era éste, el de que se pondera-
se por toda la tierra, que ese tal
Medico, era el mas sabio, y feliz
de todos los demas Medicos del
mundo, ó por lo menos de la Alcarria: á ver si dandole una fama
tan inmensa, le buscaban de algun
Partido mayor, y él se iba, como
parecia regular.

-¡Arbitrio es ese (dixo el Lic. Tarugo) que se ha usado ya en algun
Pueblo con dicha, para evadirse de
un Cura que deseaban se fuese de
él;

él ; pero en nuestro caso no arma.
Lo primero : porque es muy pau-
latino , y emplastatorio ; y sobre
corromperme á mi en toda ocasion
estas calidades , importa á nuestro
honor el proceder en la presente
con celeridad. Lo segundo : porque
yo soy enemigo de mentir. Si ese
hombre nos consta ser un bruto,
como yo dixe poco ha : ¿ con qué
razon le hemos de ponderar de habil , y engañar á pobres inocentes?
Y lo tercero : porque echado por
tal rumbo , era echarle con tanta
honra suya , y de sus parciales como deshonor de los que le hemos
sido contrarios : no es esto lo que
vamos á buscar. En efecto tampoco se aprobò la citada segunda
idéa del ingenioso Morcillas : y vueltos á cabilar , despues de haberse
comido este todas las uñas de la mano derecha enagenado con la me-
di-

ditacion ; tomando seis polvos Carráles ; mas de diez el Tio Tarugo, y despues de tendido su hijo sobre un banco, molido, y quebrantada la cabeza de puro discurrir ; se vinieron á pensar, y aprobar dos idéas como especiales, y las únicas que quedaban.

La primera fue que el Tio Tarugo, supuesto era Alcalde, buscase uno, ú otro medio de traer á juicio al Medico expresado, ó bien sobre falta de asistencia á algun enfermo (de lo qual se proporcionaria aparente ocasion si fuese necesario) ó bien sobre qualquiera otra cosa; y traido, que le tratase con extraordinaria aspereza, y severidad, provocandole mas fuertemente que á los referidos de la avena; para que enfadado se desvergonzase, llegando hasta perder mucho el respeto á la Justicia: Que esto ocurrido se

le

le seguiria la causa con vigor hasta conseguir, ó en sentencia; ó en
compostura que se fuese, á pesar
de todos sus padrinos, y allegados.
Mas si él se mantenia sobre sí, y
no se desvergonzaba, quel parecia
dificultoso; por lo menos, era preciso se aburriese, y pensase en irse desde luego á otro Lugar adonde vivir con quietud; especialmente repitiendole algunas veces la molestia del mismo arbitrio (como en
tal caso se habia de hacer), y cuidando que todos los de la pandilla
le tratasen desde entónces con se-
quedad. Esta fue la primera idéa.

La segunda: que si despues de
todo eso, se experimentase la desgracia de su permanencia en el Lugar; en este inverosimil caso, se
dispondria el darle un buen susto,
y con él unos decentes palos; tras
los quales malo habia de ser que no
se

se fuese , siquiera por no volverlos á recibir. Levantóse de su banco el Lic. Tarugo al oir las dos sutiles ideas, y su explicacion, que fue todo obra de Carráles , y no solo le dió un abrazo, congratulandole por la delicadeza de su discurso ; mas tambien, suponiendo lógradas con ellas sus intenciones, reformó enteramente aquel principiado concepto de falibilidad en la maxima insinuada arriba, y manifestó su regocijo de otros muchos modos. Su Padre, y el Albeitar se conformaron tambien con los citados arbitrios, viendo no habia otros que poder tomar ; y dexando para despues el arreglar con prudencia el modo, y la ocasion, encargado el silencio, y felicitandose reciprocámente por la fortuna, se quedaron en su casa los Tarúgos , y los otros amigos se fueron á las suyas á comer.

Ad-

Admitidos, pues, los nobles proyectos, y arreglado en otra junta el quándo, y cómo habian de executarse; ocurrió cierta casualidad, en la qual ocupados Carráles, y el Lic. Tarugo tubieron que suspenderlos, por algunos dias. Fue esta, que á una miserable vieja de aquel Lugar la dió por entonces la gana de morirse; y con este motivo tubieron que trabajar ambos en confortarla; empleandose además, el Abogado especialmente, en dirigirla en quanto á su ultima disposicion. Tenia ella algunos pizarrales, ó heredamientos de poco valor, repartidos por el termino; adquiridos por herencia de sus mayores, y conservados hasta aquella hora á fuerza de hambre, é infelicidad; y como el conservarlos la habia costado tanta fatiga, era su mayor sentimiento la precision de dexarlos por acá, pa-

ra que otros comiesen, y triunfa-
sen. Quisiera pues, llevarselos consigo si pudiera ser; y ya que esto lo conócia dificultoso, queria à
lo menos disponer de modo sus cosas, que toda la utilidad que tales
fincas rindiesen, la hubiese de gozar ella sola en la otra vida per-
petuamente. Con este fin tenia ideado el fundar una Capellanía sobre
dichos pizarrales, y aun sobre un
poco de lienzo y otros trastuelos
que tenia en su casa, é imponerla
à lo menos la carga de doscientas
Misas al año: llamando en primer
lugar á su goze à los hijos que na-
ciesen del Lic. Tarugo, de quien venia à ser algo parienta.

Resuelta en semejante determinacion, embió un dia à llamar á
éste, y enterandole de ella le rogó,
formase un borrador del testamen-
mento, dirigiendo las clausulas y

atandolas con todas las solemnida-
des de forma , que dicha Capellanía nunca pudiese faltar ; y su vó-
luntad siempre hubiese de estar en
pie. Nuestro Abogado dió gracias
á la vieja por su buena inclinacion
ácia su familia , é iba à retirarse
para buscar à Carráles y disponer
el borrádor : pero parandose un
poco à reflexionar entre sí , conoció lo primero : que atendido el
corto valor de los bienes sobre que
se habia dè fundar dicha Capellanía , y la excesiva carga de Misas
que la iban à echar acuestas , no
tenia ella nada de apetecible. Lo
segundo : que si Dios le daba algun hijo varon que se quisiese or-
denar , ¿para qué necesitaba mas
Capellanía , qué la pingue de su
Tio el Presbítero ; el qual en ese
caso ya se habia muerto ? Y lo tér-
cero : que supuesto el deseo de be-
ne-

néficiarlos de la tal vieja moribunda; seria mejor en dichas circunstancias tomase otro muy distinto rumbo de testar, haciendo una disposicion mas expectable y famosa; mas útil al Pueblo; y aun á sí mismo y toda su descendencia con particularidad.

Pensólo asi brevemente y dijoselo á la vieja, explicandola además el rumbo testatorio que se le habia ocurrido. Era éste, el dejar dichos bienes destinados para traer al Lugar un Domine ó Preceptor de Gramatica, el qual hacia en él falta grandisima; para cuya subsistencia fuesen las dos partes de frutos de los repetidos bienes; y la otra tercera con la facilidad de traer y despedir al tal Domine à su gusto y manejarlo todo; quedase vinculada à favor de nuestro Abogado y su descendencia.

Z 2

Con-

Con semejante disposicion lograba dicha testadora, segun la advirtió el Lic. Tarugo, hacer una cosa magnifica y eternizar su nombre en la memoria y aun en el agradecimiento de los Siglos; y el beneficio mayor era para la casa de este, pues venia á lograr mas utilidad que con el primer intento de la Capellanía: y sobre todo perpetuaba en si y en sus hijos la superioridad á los otros del Pueblo, ó el manejo absoluto en un ramo tan importante.

Mas como la vieja estuviese dura en orden á entender las ventajas que la ponderaba para si; fue preciso al Lic. Tarugo, detenerse algo mas en darselas á conocer. Dijola, pues, reflexionase quanto la debería el mundo y aun la Iglesia de Dios, si ordenaba sus cosas de modo que hubiese Domine en ade-

adelante en aquel Lugar, cotéjado
lo que sucedería, con lo que se
veía suceder con el establecido en
Fuentespino , con quien él habia
estudiado. A no ser (dijo) por ese
cercano Estudio , ya sabe vm. estarían infinitos arando por la Alcarria, que son hoi Clerigos, ó bien
Frailes , ilustres Abogados , ó quando. nada Sacristánes, Boticarios , ó
Fecheros : gente toda que al fin vi-
ve sin trabajar corporalmente, y
con mas estimacion y fortuna que
los infelices cabadores. Luego todos estos deben su felicidad al fun-
dador de aquel Estudio. Luego es
de creer que agradecidos no cesarán
de encomendarla á Dios: y siendo tantos ya ve vmd. , si serán de embidiar
sus oraciones! Pues ahora.: lo mismo
que alli sucede sucederá aqui con precision. Vendrá ese Domine, y vendrán
infinitos á estudiar con él, que en otros

Z 3 ter-

terminos no estudiarian ; los quales con eso, unos menos, otros mas, llegaràn à ser personas útiles à la Iglesia, ó al estado : en una palabra felices por vmd. Vea, pues, si la faltarán agradecimientos, sufragios y memorias? Mas : si se hiciese Capellanía, mañana podria ser que ò con pretexto de ser mucha la carga ; éstar deteriorados los bienes ú otro asi, la rebajasen de forma que si vmd. la viera entonces es sin duda no la quisiera haber fundado: pero la idea de traer al Domine no estará sujeta à tales mutaciones ó caprichos ; pues como no hay congrua asignada por derecho para su manutencion, con qualquiera que le quede tendrá que darse por contento : ayudandose de su ingeniatura para vivir y de las contribuciones de los discipulos como en los demás Estudios. Y notése de paso (concluyó el Abogado) que con semejante disposicion los tales discipulos vendrán à ser los que mantengan al Domine, y vmd. la que se lleve las gracias.

Esto último y lo de las novedades que se suelen experimentar en las Capellanías, fue lo que dió à la vieja el golpe mayor, para reducirse al consejo del Lic. Tarugo ; pues aunque no del todo se allanó á él, de modo que se pusiese al instante á testar como se la prevenia, dió palabra de egecutarlo al dia siguiente, reflexionandolo bien en el intermedio. Con cuya satisfaccion se marchó à su casa nuestro Abogado, y refiriendo á su Padre, al Presbítero y al Escribano lo que acababa de hacer, se aprobó el proyecto, con muchas demostraciones de jubilo además por su admirable capacidad y juicio.

Sa-

Sabese con todo, que en los dos primeros fueron sinceras ó nada hipocritas semejantes demostraciones; pero en Carráles tubieron su mediana partida de adulacion : pues en efecto quisiera él mas siguiese la vieja el rumbo de la Capellanía, que no el extraordinario del Domine ; pues aunque de pronto esperaba una misma utilidad de ambos por lo que hace al testamento, habiendo de ser en uno y otro largo, de muchas clausulas y papel, para en adelante podia aguardarlas mayores del insinuado de la Capellanía, con los varios pleitos que era regular se suscitasen desde la muerte del primer llamado, en cuya epoca no desconfiaba de vivir. Mas al fin este adulando y los otros sin adular, no solo se aprobó por los tres la delicada idea del Lic. Tarugo, mas tambien dispusie-

sieron el auxiliarla cada uno por su
parte para que no dejase de ser lle-
vada à execucion. en nel bbsup esl

1. Con tal intento pasaron los tres
juntos à visitar à la enferma , y tocando la especie, i despues que el
Tio Tarugo repitió gracias por el
buen afecto que la debian : cogió
la taba sobre el otro punto yo no
dejandola en un quarto de hora ponderó las utilidades de los Domi-
nes con diferentes egemplares opor-
tunisimos : à los principales entre
ellos; la que lograba su casa, Conchuela , y aun toda la Castilla en
que su hijo fuese Abogado , que
no le fuera à no haber Domine tan
cerca de alli; y la que era notoria
en la Iglesia de Dios por ser Presbítero el Lic. Berrucál , que tampoco lo sería sin dicha proporcion
favorable. Siguióse un discurso de
este confirmatorio del anterior y
tras

tras él ; otro de Carráles mucho
mas diestro y sutíl ; con los quales quedó tan reducida la tal vieja á dicha disposicion testamenta-
ría , que creyó de hecho no poder
pensar en otra igualmente noble é
importante.

Dispusose pues el formalizarla
al otro dia , en el qual madrugan-
do el Lic. Tarugo , hizo llamar á
su casa á Carráles , al Albeitar , y
á otros dos confidentes que hubiesen de servir de testigos ; y dando-
los de almorzar á todos, quando
pareció hora proporcionada se fue
con ellos á la de la enferma á la
insinuada extensión del testamento:
pero apenas ella los vió , quando
les encajó unas calabazas sequísi-
mas , porque habia mudado de intencion enteramente. Fue el caso,
que desde la anterior visita, en la
qual se la acabó de reducir , habian

bian estado un gran rato con la
misma el Cura y el Sacristán. Amo-
nestóla el primero en cumplimiento de su obligacion que hiciese testamento y arreglase sus cosas como christiana : y como á este consejo correspondiese ella contando la
magnifica disposicion que habia determinado hacer, persuadida del Lic.
Tarugo; los expresados Cura y Sacristán despues de asegurarla era
eso un solemnisimo disparate, perjudicial á su conciencia, al Pueblo, á
la Iglesia, y à la Republica, y de asegu-
rarselo con muestras de tanta firmeza
y sinceridad que la tal moribunda no
pudo menos de lo creer ; la pro-
testaron con la misma eficacia , y
fueron tambien felices en persuadirlo; tratase solo de dejar sus bienes á
los parientes mas cercanos que tenia constituidos en mucha pobreza ; pues esto era lo que lo que la
con-

convenia, y no el fundar torres en
el viento que por si mismas se vienen à caer.

O ya fuese por el desinterés y
sinceridad con que la hablaron, calidades siempre muy poderosas en
el arte de mover los animos de
los hombres; ó porque Dios quiso
ayudar la buena intencion de estos
consulentes segundos: ello fue que
hicieron tanta operacion con sus
palabras en la moribunda vieja, que
quedò ella mucho mas reducida á
obrar segun la aconsejaban, que lo
estaba antes à seguir los otros rum-
bos, ó á llevarse sus pizarrales por
allá. De aqui nacieron las calabazas que desde luego dió al Lic.
Tarugo y sus confidentes, segun
empezamos á referir; con las quales los dejó tan frios como si los
hubiese echado por la cabeza un
cantaro de agua. Digo al Abogado,

do ; pues los otros como les importaba el proyecto poquisimo , no
fue cosa de consideracion su frialdad, antes les dió gana de reir , y como se reian , enfadandose aquel dijo á
la vieja : que entonces acababa de experimentar quan cierto y seguro era
el universal concepto de los hombres , de que son voltarias y mu-
dables todas las mugeres ; y concluyó preguntandola : ¿quién era
el necio que la habia inducido
á mudar de voluntad tan pronto?

Iba ella à responder , pero no
lo pudo egecutar porque la corta-
ron el hilo el Cura, el Sacristán , y
el Medico , que entraron à visitar-
la en este mismo punto. Habianse
juntado en la calle por casualidad
y por eso venian unidos. Entrados
éstos , y saludandose con los otros,
pasó dicho Medico à hacerse cargo del estado de su enfermedad ; y
co-

como la hallase conocidamente
peor, se lo dió à entender de algun modo advirtiendola, no per-
diese tiempo en arreglar sus cosas,
segun la tenia anteriormente prevenido, pues importaba, y acaso
dentro de poco no lo podría hacer. A esta insinuacion respondió
ella, que de luego à luego resolvia disponerlo todo, como el Señor Cura la habia aconsejado la noche antes; y que pues se hallaban allí el Escribano y bastantes
personas para ser testigos, les suplicaba se empezase su testamento
sin diferirlo mas, pues la iban faltando las fuerzas.

Recibió con eso el Lic. Tarugo la respuesta que aguardaba, y
como le cogió tan mal humorado
no pudo contenerse en decir: que
fuese el señor Cura, ó fuese otro
quien la habia influido á mudar de
dis-

disposicion , ello no podia negarse
era un disparate horrible y perju-
dicialisimo semejante consejo. Dijolo tan claro , que el Cura por
muy sobre si que quiso estar, no
pudo menos de alterarse tambien y
responderle : el disparate era el suyo en querer con unos bienes , que
no llegarían en renta á doscientos
reales traer al Lugar un inutil Domine, sin advertir lo uno , no podian ser bastantes todos ellos à mantenerle , quanto menos segregando
una tercera parte de sus frutos que
pensaba guardar para sí ; y por lo
mismo que tal idea no podia establecerse con verosimil confianza de
que hubiese de subsistir por mucho
tiempo ; y lo otro sin reflexionar
el justisimo motivo por el qual
prohibe la Ley del Reino los Estudios de Gramatica en Pueblos tan
cortos , como que traen en ellos
mas

mas , daños que beneficios á la causa pública.

Mientras entre el Cura y el Abogado pasaba esta alteracion, contó el Sacristán al Medico el intento del segundo en quanto al testamento de la vieja , lo qual él ignoraba hasta entonces ; y como nacia todo el calor y enfado con que hablába , de solo ver desbaratado su intento , ó arruinada en su origen tan ridicula idea. Por mal de sus pecados luego que él esto supo , hizo la desgracia que el Lic. Tarugo no convencido con las reflexiones de dicho Cura , continuase afirmando : era necedad y un perder enteramente à Conchuela , el privarle de la ventaja del Domine; y que no podia ocultarse causaba la variacion , una infeliz y mal disimulada embidia , que no dejaría de perseguirle mientras viviese. Decia

cia estoel Lic.Tarugo, con tanta satisfaccion y víveza (olvidado con la ira
de aquellas antiguas maximas de no
desagradar al Cura ni á sus parciales)
que el referido Cura trabájaba en re-
primirse, y mudar la platica á otro
punto por no volverse á enfadar. El
Medico, pues, observandolo asi, y
pareciendole, llevado de la sinceridad
de su ánimo, conduciria para zanjar
la discordia el hablar él algo en el
asunto; dijo al Abogado (adelantandose el Sacristàn, que queria saltar tambien): no creyese que el
señor Cura habria procedido al consejo de que se quejaba, por embidia ácia él, ú otra semejante intencion dañada; pues muy lejos de
eso debia pensar de sus circunstancias, christiandad y prendas, habria aconsejado puramente, lo que
le dictaba su conciencia ser mejor:
del mismo modo que lo practica-

ria el propio Abogado en todos sus
consejos ó dictamenes. Y por últi-
timo añadió ; que mirado con indiferencia el punto ; el proyecto
de fundar Estudio de Gramatica en
Conchuela (con los reducidos bienes de aquella pobre muger) parecia por un lado imposible , y por
otro era ciertamente perjudicial:
pues en tales miseros estudios no
se aprendia por lo comun la lati-
nidad tan à fondo como debiera
para dedicarse à otras facultades
con esperanza de fruto ; segun advertia la Ley del Reino : y que asi
por esto , como por que con la
proporcion de dichas Aulas se po-
nian à Gramaticos muchos que luego no podian pasar adelante en el
estudio de las Ciencias ; no traían
á estas beneficio alguno semejantes
establecimientos , útiles solo (hablando siempre en lo comun , y sin
per-

perjuicio de algunos en que ha res-
plandecido en el aprovechamiento
de los discipulos, su utilidad y el
zelo de los Preceptores) para dar
gente inutil é ignorante al estado y á
la Iglesia de Dios.

Dijo esto el Medico con la buena intencion de templar al Lic. Tarugo, y sosegar la contienda; pero
salió la cosa tan al rebés, que no
es facil de explicar lo mucho mas
que él se irritó al oirle. En efecto llegó á lo sumo su precipita-
ción, pues mirando al tal Medico
con semblante airado, y con ojos
encendidisimos, no solo le trató
dé adulador mequetrefe, que no
sabia lo que se hablaba; mas añadió tambien: que siempre que se
justificase haber salido de los Estudios de Gramatica de los Pueblos
cortos algun hombre tan ignorante, inutil y aun perjudicial como él

lo era , no se detendria nuestro
Abogado en confesar publicamente
ser muy cierto y seguro, quanto
contra ellos acababa de oir ; pero
interin no se hiciese esta imposible justificacion , ningun hombre de
juicio dudaba , que era todo ello
grandisima necedad. Encajó tras
estos algunos otros disparates , con
los quales pegó á la pared al pobre Medico , aturdió al Cura , pas-
mó al Escribano, aniquiló al Albeitar , admiró à los confidentes, agra-
bó à la vieja su enfermedad, y alteró al Sacristán de tal modo, que
saliendo á la defensa del injuria-
do amigo , trató à nuestro Abogado de desatento , y aun le dijo
otras cosuelas que no le gustaron
á él. Con lo qual iba tomando
cuerpo la riña, pues el Lic. Tarugo se disponia à volver las tornas à Chamorro , y n era verosimil
que

que Carráles y el Albeitar se de-
clarasen à su favor; como tambien que con esos debates se hubiese muerto la vieja sin testar. dicho cota à en cota el

Quiso la fortuna que al mismo
tiempo que así se iba encendiendo
la desazon pasaba por la calle el
Alcalde Fernandez, del qual su-
biendo à la casa llamado de las voces y enterandose en la cocina
de todo lo ocurrido, entró al quarto de la enferma con prontitud; y
sin dar lugar à que le hablasen,
mandó con tanta entereza y espíritu al Lic. Tarugo que se marchase de allí, que le acortó los
brios y apagó la colera, y le obligó con efecto á irse todo confuso
y turbado. Echó tras él al Albeitar, que salió todavia con mas
aceleracion y susto; y quedandose con la otra gente se evaquó el

ob   Aa 3   tes-

testamento segun la direccion del
Cura, sin mas replica ni deten-
cion.

Concluido éste se fueron con
dicho Cura à su casa el mismo
Fernandez el Medico y el Sacristán; los testigos cada uno à la suya; y Carráles á la de los Tarugos. Aqui habian ya ponderado el
Abogado y el Albeitar lo ocurrido con los otros, y quejadose tan
fuertemente de la osadia asi del Alcalde, como del Medico y el Sacristán; que el Tio Tarugo ciego
de colera con el lance y olvidado
de las reflexiones de los otros dias:
determinó romper del recio con todos, y en quanto á los dos últi-
mos ponerlos en la carcel inmediatamente. Ibalo asià executar al mismo venir Carráles, con quien se
encontró á la puerta. Pero sabiendo éste su intencion, y conocien-

do quan ruidosa había de ser en
las circunstancias , trabajó de tal
modo en impedirla , que llegó al
extremo de valerse de toda su amistad ; pues le fue necesario coger
de un brazo al buen viejo, y vol-
verle á meter en su casa medio
por fuerza. Continuó allá arriba
su solicitud con mucha eficacia y
destreza, como que deseaba de
veras no se errase el golpe : re-
pitióles los discursos de la otra
junta , y los poderosos motivos
que en ella se habian ponderado para no romper con sus émulos tan
á las claras : insinuóles de que
el Tio Tarugo no podia ser Juez
en la causa sobre agravios de su
hijo : pues aunque en otros Lugares solia pasar el serlo , y aun
otros mas garrafales absurdos ; esto era con contrarios debiles ó tratando con gente inutil, mas no

pasaría allí, ó no lo aguantarian
los pajàros, á quienes se iba á
tirar, como era demasiado claro
ó infacil de conocer; y por ultimo tanto supo decirles para atraer-
les á la razon, que logró de hecho el persuadirsela tampoco [mas
de dos horas de trabajo. Quedaron, pues, reducidos á desentenderse del blanco, y dar el gol-
pazo despues de algunos dias con los
proyectos anteriores.

Pero volviendo à los otros
amigos, que se retiraron con el
Cura, pues de saber, tubieron igualmente entre si de resultas del suceso una sesion ó conferencia muy
particular. Dice un dos Historiadores coetaneos, que el buen Medico permanecia y permaneció por
algun tiempo tan avergonzado,
pensativo, y como fuera de si por
las injurias con que le saludó el

Lic.

Lic. (Tarugo), que resolvió el irse al punto de aquel Lugar; y costó grandisimo trabajo al Cura y á los otros dos el templar su acaloramiento, inducirle á despreciarlas y á subsistir alli: pues como al fin eran hombre de letras; por precision, habia de abundar de amor propio y sentir demasiado el ser abatido. Viendole asi el Cura, Gaspar Fernandez, y el Sacristán, quienes sentirian mucho el que él se fuese; despues de los primeros pasos dirigidos á su sosiego, trajeron á discusion las desvergonzadas expresiones de dicho Lic. Tarugo: y como las miraron entonces con ese nuevo impulso para desagradarse de ellas, parecióles se debia intentar el castigarle; enseñandole á ser atentos y moderado. Era este dictamen no solo del Alcalde y del Sacristán, mas tam-

tambien del mismo Cura ; y aun
se añade en la Historia que acon-
sejaron todos tres al Medico , se
querellase del tal Abogadito con ani-
mó de ayudárle con toda su posibilidad á darle en la cabeza. Pero ne-
gandose éste á semejante arbitrio,
y reflexionando el Cura si pudiera
él traer algunos inconvenientes tras
de sí ; como tambien que no era
cosa para proceder justificadamen-
te de oficio, y sin aguardar la que-
rella de la parte agraviada ; fue
poco á poco estableciéndose la
impunidad del mencionado injuria-
dor.

Viendo esto el Sacristán Chamorro que era el mas irritado con
las injurias , no pudo menos de decir : que en ello conocia por experiencia la verdad de aquella maxima ó principio de que habian hablado tantas veces : *La fortuna y*

demás accidentes favorables ó ad-
versos de las personas, siempre
pueden mucho en orden á variar
la justicia, aun quando se admi-
nistra con rectitud, ó con sumo deseo de repartirla con igualdad.
Digolo (añadió) porque si aquellos accidentes nada movieran á
los corazones rectos, ¿cómo podia caber en los de vmds. tratar
en nuestro caso al Lic. Tarugo tan
diferentemente, de como se tra-
tára á otros, si fueran los injurian-
tes? ¿Podrán negar por ventura:
que si el avilantado hubiera sido,
ó bien el inutil Morcillas, ú otro
vecino aun mas inferior, á la hora de esta ya se hallaría preso, y
se le estrecharía á que desagraviase en alguna manera al ofendido?
¿Pues cómo no se procede asi con
aquel guapo, aunque sea de superior clase y fortuna? Encajó tras
es-

estas algunas preguntas mas , y
por fin dijo que si él se hubiera
hallado Juez y entrado á cortar la
riña como Fernandez , no se hubiera contentado con echar á su
casa al atrevido Tarugo ; pues antes bien le hubiera puesto preso,
para que otra vez se fuese mas
á la mano en su precipita-
cion.

Conoció el ingenuo Fernandez
la eficacia de esta ultima reconvencion ó advertencia , y confesó
francamente : no negaba que hubiera sido lo mejor el hacerlo así,
y que no dejó de reconocerlo al
mismo darsele noticia de la avilantez y descoco de dicho Abogado. Pero que apenas así lo pensó,
reflexionó por otra parte sus circunstancias: la distincion del oficio , la de haber sido Alcalde , la
de ser hijo del otro actual ; como

es-

tam-

tambien los ruidos, y alborotos que
podian temerse si se usaba de tanta severidad con él : y reflexiona-
do todo brevemente, le pareció convenia no tirar la barra tanto; y
si solo el echarle de alli como lo
hizo para pacificar la discordia.
Con todo (repitió) confesaba hubiera sido mejor el no haber andado tan prudente; y que le faltó en
el lance aquel grado de fortaleza
ó constancia heroica que admira-
ria siempre en el Alcalde su antecesor.

No pudo el Cura, al ver esta
ingenuidad de Fernandez tan deseada de su corazon como rara en
el mundo, contenerse de darle un
abrazo en muestra de su estimacion
y regocijo; y aun el Medico más
quien tambien gustaba mucho, des-
echó en parte su tristeza al oirla,
celebrandola con palabras y otras
di-

diferentes demostraciones. Despues
tomando el citado Cura à su cargo
la decision del punto, dijo lo primero: acaso sería verdad que el
Alcalde del año anterior excedia
al tal Fernandez en la fortaleza,
la iqual era su prenda sobresaliente entre las demás del buen Juez
que poseía por cierto; asi como
teniendolas él tambien todas sobre-
salia entre las demás con conocida ventaja la prudencia. Que esta
misma ó semejante diversidad se
experimentaba en todos los buenos
Jueces, y aun en los hombres todos, segun las varias constitucio-
nes de sus temperamentos, que in-
fluyen naturalmente la variedad de
inclinaciones en sus animos. Asi
vemos muchos de suyo propensos
al artificio, ó à esa clase de vil
prudencia que consiste en la simu-
lacion, en el ardid, y en el engaño,

otros

otros al contrario de tal modo amantes de la verdad, que en todo quieran valga el candor, la franqueza, la sencillez del pecho, ó el *nescia fallere vita* de Virgilio. Algunos hay naturalmente rigidos y severos; otros, tan dulces y benignos que miran á la entereza como inhumanidad; algunos de suyo fogosos y resueltos, y otros tímidos y apocados; y los hay en fin por naturaleza constantisimos é invariables, como otros voltarios ó reñidos con la uniformidad.

Pues ahora: como todos los hombres estamos asi caracterizados por naturaleza; es decir: como tenemos todos alguna inclinación sobresaliente, que nos lleva á seguirla con particular eficacia; resulta de aqui que la seguimos en ocasiones mas de lo justo;

ó

ó que por hallarnos tan pagados
de ella la dejamos nos arrastre aun
quando no conviene ó la debiera-
mos resistir: sucediendonos comunmente lo que à Fabio Maximo, el
qual adherido á su primera idea
de guerrear contra Anibal con dilaciones, las usaba conpteson aun
quando el estado de las cosas pedia
mas actividad. . . . oy
De este principio (proseguia el
Cura hablando con Fernandez) nace la diferencia de vmd. y su antecesor, y la que se nota en las conductas de todos los buenos Jueces;
como asimismo nacen de él: diferentes poco conocidos errores en la
practica del juzgar. Sea el Juez
quanto se quiera recto, amante de
la Justicia, y deseoso de repartirla bien: él sobresaldrá de seguro,
ó en el valor, ó en la prudencia,
ó en la severidad; ó en la dulzura,

ral, ó en alguna en fin de las otras
prendas de que debe estar adornado; y él dará en ocasiones á esa
su favorita inclinacion los rasgos
que deberia dar positivamente á su
contraria. Quiero decir: ¿sobresale
en la fortaleza? ¿pues él hallará
lances en que juzgue deber usarla,
y convendria antes bien proceder
con tiento, y con moderacion: Por
el contrario: excede en esta moderacion misma, ó en el deseo de ir
detenido con juicio, y madurez?
Pues él se verá en circunstancias en
que convenga obrar fuerte, y hallando inconvenientes en todo dexará de hacerlo de puro moderado: y
la misma especie de faltas cometa-
ria por otros lados sin advertirlo,
sea qualquiera otra la prenda, ó inclinacion en que excediere. De
modo que tan arduo, y delicado es
el dificil empleo del perfecto Juez,

Tom. II.   Bb   que

que hacen errar en su exercicio, las mismas virtudes necesarias para desempeñarle.

Nil prodest, quod non lædere possit idem.

Además de dicho engaño, viene otro no menos comun del mismo principio; y es el que haya tantos que sabiendo por una parte quan arduo, y terrible es el citado oficio del Juez perfecto; se creen por otra con bastante virtud, y fuerzas para haberle de desempeñar; siendo tan pocos los que huyen de él sinceramente, ó sin afectacion. Viene (proseguia el Cura) este error del insinuado principio; por quanto como no hay hombre tan perverso que carezca absolutamente de toda bondad: apenas hay alguno que no encuentre dentro de sí que le lle-

lleve particularmente su inclinacion, ò al desinterés, ò al amor de la justicia, ó á la fortaleza, ó alguna de las varias buenas partidas que deben tener los Jueces. Comprehendiendolo asi, no juzguen vmds. se sacia el amor propio con el hallazgo ; pues muy lejos de eso , pasando á aumentar los grados de dicha prenda , ó la eficacia con que ella obra en el corazon , hace creer lo primero : que es mas grande, y poderosa de lo que suele serlo en la substancia. Lo segundo : ciega de tal suerte á su poseedor , poniendole delante las faltas de otros hombres en el flanco en que dicha virtud le fortalece á él; y nunca sus primores , ó rasgos en las lineas en que no está tan fortalecido. Qué cotejando en su interior frequentemente , no virtudes con virtudes como debiera hacer : sino á exemplo de Lucrecia Ma-

rinela la virtud suya con los vicios
de otros, se persuade facilisimamente
su superioridad á todos ellos. Despues, como á éstos sus inferiores los
ve juzgar con expectacion, y con
aplauso: ¿qué le falta para creer
le será á él aun mas facil de executar si á ello se pone? Y llegado aqui: ¿cómo no há de intentar
ponerse, ó cómo ha de huir del cargo de veras, quando el mismo amor
propio le tiene persuadido mucho
antes, dirija aquella su prenda si
pudiere á su beneficio aumentos, y
utilidad?

He aqui, pues, (continuaba todavia el Cura) el engaño mas comun, y mas dificil de conocer de
los Jueces rectos, como asimismo
el mas dificultoso de remediar; para cuya curacion no basta el inquirir si fue mejor para Roma la severidad de Catón, ó la dulzura de
Le-

Lelio; para la Iglesia la suavidad
de S. Agustin, ó la entereza de S.
Ambrosio, y otras semejantes ques-
tiones especulativas que introducen
los Escritores de la practica del juzgar; en las quales sigue cada uno
su inclinacion en el decidirlas, y
la seguirá mas seguramente puesto
en el lance, establezcase por mejor qualquiera de los dos extremos.
Remediaráse solo quando el Hombre venza la dificultad de conocer-
se; y quando entendiendo despues
como infalible regla la ilustre del
mismo S. Ambrosio: esto es, que
ninguna virtud es sólida, verdadera,
ni subsistente, sin la compañia de
todas las demás; las mire á todas
con igual aprecio, y cuide de exer-
citarlas con un mismo grado de
teson, fuera de lugar, sus.
Esto es, por lo que hace ya al
Juez, deseoso de suyo de acer-

tar;

tar; y en quanto á los que no
lo son mas anhelan por serlo, llevados de la misma falta de conocimiento propio; yo no se otro remedio distinto con que poder curar-
les: Sealo solo la memoria de la
misma maxima; y lo que á todos nos previene el ingenuo Horacio.

Quid te exempta juvat spinis de
pluribus una?
Vivere si recte nescis, decide pe-
ritis.

Refiriendo este discurso un anti-
quisimo Historiador, dice que nuestro Cura, era sin duda capáz de
bellas inclinaciones, é instruido;
pero que á vuelta de eso tenia á
fuer de literato de Lugar, sus ciertos resabios de pedante: pues lle-
naba de erudicion, y latin sus con-
ver-

versaciones, lo qual parece puerilidad superflua, hablando con unos hombres legos como el Sacristán, y el Alcalde Fernandez. Pero otros ménos rigidos Historiadores procuran defenderle advirtiendo : que en el presente discurso no hablaba solo con los dos sujetos expresados, mas tambien con el Medico persona de exquisito gusto, y literatura. Además que los otros dos amigos no eran tan legos que no entendiesen el latin ; y por lo mismo que le entendian , y eran hombres de juicio , y capacidad , usaba dicho Cura aunque parcamente de la erudicion en sus conversaciones con ellos , para persuadirles con mas claridad, ó eficacia las maximas , ó verdades que trataba de darles á conocer......................

Como quiera que ello fuese, bastanos saber que á los referidos Me-

di-

dico, Alcalde, y Sacristán gustó
mucho el discurso anterior de dicho Cura. Despues del qual pasando éste al punto mas importante,
de si se deberia haber usado de mas
severidad con el Lic. Tarugo: No
reprobò enteramente la mezcla de entereza, y moderacion con que se le habia tratado; aunque por otra parte
confesaba fue muy excesivo, y avilantado su deseoco. Ponderòse un rato su osadia, y avilantéz; y àl fin
pareciendo convenia darse por entendidos de ella de algun modo, siquiera porque supiesen los Tarugos
habia quien sacase la cara por el
Medico, se determinó, que el Alcalde Fernandez manifestase en amistad, pero con resolucion, y espiritu al Tio Tarugo, quan injusto, y
desatento habia sido aquel proceder
de su hijo; que se suspendia por
él, el ponerle en prision, y tomar
las

las demás providencias correspondientes á su inurbanidad: pero que si otra vez volvia á ultrajar á dicho Medico, á tratar de necio al Cura, ó á exceder, en fin, como entonces, que estubiese cierto se procederia contra él á todo lo que pudiese dar de sí el rigor de la justicia.

A consequencia de esta resolucion se avistó dicho Fernandez con el Tio Tarugo el mismo dia del entierro de la vieja: y dixoselo todo con afabilidad, pero al mismo tiempo con tal constancia, que echó de ver el otro lo cumpliria como lo aseguraba si llegaba el caso. Procuró por tanto sosegarle en la respuesta, ocultar sus proyectos, é intenciones, y hacerle ver sobre todo que habia andado su hijo en el lance atento, y moderado demás. Tubo para esto que insinuar algo de la osadia, y barbaridad del Me-

Ll

di-

dico en las decimas, verdadera causa de la alteracion del Licenciado;
y con ello descubrió en parte sin
advertirlo las mismas ideas, ò deseos de su casa que tanto tiraba á
encubrir. Fernandez intentó persua-
dirle, como por ellos no se decia,
pero en vano, pues lejos de hallar entrada esta persuasiva en
el Tio Tarugo, le iba conocidamente poniendo en calor. De
modo que al fin se separáron los
dos Alcaldes, con una especie
de desavenencia, desconfianza re-
ciproca, é inquietud de sus animos, que para nada era buena; y
sin sacar otro gran beneficio de su
junta.

LIBRO DECIMO.

SUMARIO.

Llevanse á execucion las aprobadas idéas para forzar al Médico
á irse del Lugar. Disposiciones para la primera. Terrible accidente
que le da á Carráles. Su alivio. Reprehension del Tio Tarugo al citado
Medico por sus faltas. Valor del Albeitar, y de su hija. Resultas de todo ; y afectos delicados, ó mal per-
cibidos en el Cura, en el Alcalde, y
en el Sacristàn: Otros de la misma
clase con el propio motivo. Peligro
del Albeitar de ser arrojado. Los
Tarugos aceleran por él la execucion de la idéa segunda. Admirables

dis-

disposiciones del Escribano, *para que no se venga á malograr. Sucede* con fatalidad á pesar de ellas. Notable quebranto, pulimiento, y desgracia de sus Autores. Su enfermedad. Su curacion. Sus afectos en orden al Medico. Los de los otros amigos despues de la averiguacion de tales idéas, asi en quanto al delito de los Tarugos, como en quanto al de sus moledores. Quiénes eran estos. Triste situacion del Albeitar. Lagrimas, y artificio de su muger. Variedad de otros afectos en orden á su fortuna, asi en casa de los Tarugos, como en las otras casas. Ruina casi total de los mismos Tarugos. Revolucion de Conchuela, y nueva bonanza de su fortuna. Otros en el Sacristán. Otros d. ladearse con á propio motivo. Peligro del Albeitar de ser arrojado. Los Tarugos atreviéran por él la execucion de la idea segunda. Admirables dis-

Sue-

Suele la indignacion componer

Pero si el indignado es algun

Ellos tendrán su todo de per-
versós.

Así empieza este decimo libro,
copiando en profecia á Cervantes,
un antiguo escritor de los sucesos
de nuestro Conchuela. Dicelo enfadado con los proyectos de la pandilla de los Tarugos para echar al
Medico de alli, los quales trata de
necios, y perversísimos ; advirtiendo sucede con los proyectos produ-
cidos por la indignacion (pues es
de ellos tambien fecunda) lo mismo que con los versos: esto es que
si el indignado es tonto, el proyec-

to será malisimo :: arguye, *á poste-
riori que por fuerza eran tontos*, y
necios todos los Autores de los expresados. Asi lo dice con alguna
razon al parecer.; pero se engaña. Carrales inventor ilustre, de
tales. proyectos , bien cierto es
tenia mas de picaro que de tonto ; y la causa de ellos ser malos no fue su tontuna , sino el
dexàrse llevàr de la ira al tiempo de idearlos : pasion que ofus-
ca el entendimiento ; ò le precipita,
segun Virgilio, y segun la experiencia que es todavia voto de mayor
recomendacion. Regla general : todo aquel que proyecte , ù obre gobernado de qualquiera pasion ve-
hementep, royectará , y obrará disparates por muy agudo , é ingenioso que sea.

Esto supuesto advertimos : que
no solo de las expresiones acalora-
das

das del Tio Tarugo, mas tambien
de otras equivocas, ó capaces de
varia significacion que se escaparon
al Albeitar en una, ú otra parte,
sospecharon el Cura, y sus amigos
que los insinuados de la otra parcialidad intentaban dar que sentir
al pobre Medico, para aburrirle,
y hacerle que se fuera: mas nunca
llegaron á presumir hubiesen de tomar el empeño por tan alto como
estaba ideado; ni aun á saber dichas idéas hasta despues de execu-
tadas. Con esa presuncion, y con
el antecedente de haberse aburrido
tanto el tal Medico al primer encuentro con el Lic. Tarugo, deseosos ellos de conservarle, y de que
los otros no se saliesen con la suya;
dieron en familiarizarse con él, aun
mucho mas que hasta alli; ganar-
le amigos; y alentarle á permane-
cer por todos los medios posibles.

Vi-

Visitabanle para ello con frequencia, acompañabanle siempre que podian, sacabanle á pasear; y de tal modo en fin supieron consolarle, y divertirle: que olvidando dicho Medico el pasado disgusto, hizo animo á no irse de Conchuela mientras viviese, ó durasen en él unos hombres tan ingenuos, y que tanto le estimaban.

Gustó mucho á los expresados como á casi todos los vecinos semejante resolucion, la qual publicaron algunos en diferentes cocinas, para ganar á otros que no estaban tan acalorados: y de este modo llegó ella á noticia de los Tarugos. Pesóles mucho mas que á los del otro vando les gustaba; y entrando en nueva consulta en el particular, como hubiesen sabido tambien la pesadumbre que al tal Medico habia costado la friolera de

pa-

palabras que el Lic. Tarugo le dixo, creyeron lo uno: que dandosela mayor llevando á efecto la primera de sus intenciones, se aburraria mas, y no dexaria de irse; y lo otro: que convenia darsela inmediatamente para que quanto antes se marchase.

- Determinados en esto, duróles dos dias la irresolucion en orden á idear pretexto, ó motivo para la severidad, por no haber enfermos entonces, sobre cuya falta de asistencia se le pudiera reñir; y al fin vino á resolverse Carráles á finjir al otro dia que le daba un accidente repentino, (al mismo tiempo que estuviesen en paseo el Medico, y el Cura) para que el Tio Tarugo obrase en justicia despues. Comunicó su ocurrencia á solas á éste, y á su hijo, sin fiarse de su suegro, no le diese la gana de publicarlo algun dia; á los quales pareciendo bellisimamente, no solo la aprobaron, mas tambien con abrazos estrechisimos, y otras demostraciones sincéras aplaudieron asi su ingeniosidad, como el buen deseo que manifestaba de servirles. Ofrecieronle además guardar el secreto en qualquier trance hasta después de difuntos; y aguardaron con ansia al siguiente dia á ver como salia la idéa.

Llegado, y no hallando oportunidad Carráles de ponerla en execucion por la mañana (pues en estas no se paseaban el Medico, ni el Cura, empleandolas por lo comun en estudiar) lo suspendió hasta la tarde. Andubo alerta de quando salian al campo los citados amigos; y viendolos ir se detubo como otra media hora; dando tiempo á que su accidente los cogiese apartados de la poblacion. Ya que conoció lo esta-

tarían se fue ácia su casa ; y al
mismo poner el pie q en el umbral
de la puerta , cayó de espaldas , y
empezó á finjir muy bien el accidentado. Temblabánle los pies , y
la cabeza , tenia encendido el rostro , como hinchado el pescuezo,
enclavijados los dientes , retorci-
dos los brazos , y cerrados los ojos.
Habia algunas personas de ambos
sexos en las puertas vecinas , las
quales como le vieron caer acudieron aprisa á ver lo que le habia dado ; y como notáron tan funestas
señales de un accidente mortal, empezaron á gritos, y á exclamaciones
lastimosas ; á cuyo estrepito bajó
acelerada la infelíz muger , acudió precipitado el Albeitar , se alle-
garon otros diferentes personages, y
aun fue mucho no se moviesen ácia
alli las piedras mismas.

Acudieron no menos los Taru-

gos, y llegados éstos se empezaron
á acelerar las providencias para socorrer al miséro accidentado; como lo pedia su buena amistad. Unos
quantos de los asistentes marcharon
á todo correr á buscar al Medico en
su casa, otros al Cura en la suya
para que traxese la Extrema-Un-
cion; y otros de los restantes agar-
rando el citado moribundo le su-
bieron arriba, y tendieron en la cama. Lloraba su muger, y otras muchas caritativas que la tiraban á
consolar; suspiraba el Albeitar, dolianse los Tarugós, y se compade-
cian todos los demás. Volvieron en
esto los que fueron en demanda del
Medico, y del Cura, y como viniesen con la friolera de que esos
señores estaban en paseo: no es facil de explicar quanto se irritaron
con razon el Albeitar, y los Tarugos. Ponderóse si era ese buen
mo-

modo de cumplir los tales con su
obligacion? ¡Quánto mas cuidaban
de sus diversiones que de desempeñarla! y quán desgraciado era
el Lugar en tener á los dos en sus
respectivos empleos, ió cargos! Re-
cetaronseles incontinenti algunas sa-
tisfacciones, ó despique; y pasàndo
á lo que mas importaba que era la
cura del infelíz, se embió con toda priesa á llamarlos al campo;
buscando además al Barbero para
que viese en el interin si podia ali-
viarle dè algun modo.

Mientras éste venia, Carráles por
aumentar su peligro, y la confusión
en los que le cercaban, empezó
como á resoplar con alguna fuerza; con cuya novedad echó porcion de espumarajo por la boca, é
hizo creer á dichos circunstantes
que del todo, del todo se moria.
Creyendolo, pues, y no ocurrien-

doselesotro medio de socorrerle, algunos le tiraban fortísimamente del dedo del corazon, otros le arañaban en las plantas de los piés; y los mas deseosos de que volviese en sí le daban recios pellizcos, y estrujones por diferentes lados. Costóle á él no poco trabajo, y habilidad el mantener su accidente contra todos esos ataques, los quales no sabian como impedir los Tarugos; pero al fin le mantuvo con singular constancia hasta la venida del Barbero. Venido este, y hallando á aquel en tan deplorable situacion, como fuese de suyo de genio atrochado, ideó darle garrote en un muslo para ver si volvia; y cojiendo de pronto una cuerda delgada pero fuerte que encontró por allí, atandola á dicho muslo, y dando los cabos á dos hombres robustos, los mandó tirar á cada uno del suyo con toda su fuer-

fuerza. Tiraron ellos tan bien , que si Carráles se descuida un poco mas en restituirse á la salud , le hubieran cortado el muslo , y se hubiera hallado cojo quando quisiera hacerlo ; pues, por muy pronto que se despaviló , y empezó á gritar , ya tenia la cuerda mas de dos dedos dentro de la carne , y le costó andar estropeado algunos dias. Pero como lo que es del accidente se recuperò , fue ese un daño, no sensible, antes gustoso , y que llenó de alegria á la aflijida Escribana, y demás concurrentes que se interesaban por su bien.

Al mismo chillar , ó revivir entraron al aposento el Alcalde Fernandez , y el Sacristán , los quales llegando á tan buena hora, no tubieron que hacer sino celebrar el alivio , y acabar de esforzar asi al enfermo , como á los otros pobres

de-

desalentados. En eso, en informarse de las fatalidades del accidente,
y ponderar lo fragil, y vidrioso de
la vida del hombre, se detubieron
un poco : asuntos que hubieran exor-
nado mas á no finjirse Carráles molido, y quebrantado porque no le
andubiesen en preguntas. Mas di-
ciendolo estaba, y tanto que á nada
podria responder; dispuso el Tio
Tarugo se le dexase solo, salien-
dose con toda la gente á otro
quarto.

Aqui dando eficacia á la voz,
calor á las palabras, ira al rostro,
y movimiento á las manos, empezó el mismo viejo á quejarse con
energia; de la reprehensible sorna,
y perjudicial satisfaccion con que
salian á paseo todas las tardes el
Medico, y el Cura; olvidados de
la ardua obligacion que tenian de
no salir del Pueblo, por si ocurria
en

en el la casualidad de algun accidente repentino , como acababa
de suceder con el pobre Carráles.
Ponderó quan poco habia faltado
á este para morirse sin Sacramen-
tos por el descuido de dichos pa-
seantes señores, y casualidad de hallarse fuera aquella tarde contra su
costumbre el Lic. Berrucál ; y ponderado esto añadió : que ya ense-
ñaria á ambos ; ó por lo menos al
Medico , como habia de cumplir en
adelante con el oficio que le daba
de comer , si queria subsistir en el
Lugar. Que aprenda siquiera (añadió el Lic. Tarugo) de ese pobre
Barbero , que tantos enemigos tiene solo por ser hijo de vecino ; sin
cuya particularisima habilidad Carrales estaria ya difunto , y lo mismo si fuera tan holgazan caballero , y paseante como el señor
Doctor.

Di-

Dixolo el Lic. Tarugo tan claro, con tan particular retintin, y como haciendo mofa; que el Alcalde Fernandez, y el Sacristán Chamorro, llenos de ira, y de enfado iban á manifestarle con igual claridad, la suma preocupacion, ó falta de razon, y de juicio con que hablaba: dando á entender en su consecuencia al Padre que le sucedia lo mismo. Pero tuvieron que suspenderlo algun tanto, porque el agudo Albeitar, y su hija la Escribana, pareciendoles por una parte se debia á dicho Barbero la salud de Carráles; y llevados por otra asi de su inalterable deseo de agradar á los Tarugos, como de la competente gratitud á aquel, por un beneficio tan particular; se anticiparon á ellos, y dixeron primores en favor del tal Barbero, echando á la revuelta maldiciones, y rayos con-

contra el cachivache del Medico
tan paseante, é inutil. Con lo qual
acabaron de corromper á Fernandez, y Chamorro; asi como de lle-
nar de alegria los grandes corazones de los Tarugos.

Corrompidos, pues, los primeros, iban nuevamente á responder
á las majaderias de los otros, y
hubieranlo hecho con alteracion;
mas impidió otra vez su desahogo
la repentina entrada de los mismos
personages á quienes iban á defender. Digo el Cura, y el Medico, los
quales, alcanzados á alguna distancia por los que salieron en su busca, se volvieron tan apriesa que en
traron á este tiempo cansadisimos,
ó medio sofocados de haber corri-
do mucho. Suspendieron con su entrada la respuesta de Fernandez, y
su amigo, y aun como que detubieron un poquito la ira del Tio Ta-

rugo, y del Abogado. Pero volviendo muy luego el viejo sobre sí,
empezó á hablar con espíritu : y dirigiendo sus palabras contra el Medico en especialidad, repitió muy
claro, y muy resuelto lo que antes había dicho ; añadiendo tantas
bellas cosas contra sus perjudiciales paseos, ó funesta holgazaneria;
que el tal Medico lleno de asombro,
y de confusion maldecia interior-
mente su fortuna.

Viendo esto el Cura , y el Alcalde Fernandez tomaron á su cargo
la defensa ; y tomaronla con tanto
calor que hicieron cejar al viejo, y
conservarse en silencio á su hijo.
Pues en efecto no solo probaron
era maldad , é injusticia el tratar
de paseante á aquel hombre ; mas
añadieron con resolucion, tenia ya
conocido el iniquo intento de dichos Tarugos de obligar al referido

do Medico á echarle á fuerza de
pesadumbres; pero que estubiesen
seguros de que no lo habian de conseguir mientras ellos viviesen en el
Lugar. Acudió de auxilio el Sacristán, ratificando de su parte la
misma protexta; y acudieron casi
todos quantos se hallaban alli con
motivo del accidente, confirman-
dola con tantas voces, y libertad,
que pasmado el Tio Tarugo se quedó taciturno, y como fuera de si.
Lo propio sucedió al Abogado,
elandosele de admiracion en el pecho la valentia: de modo, que no
hablaron uno ni otro, ni una sola
palabra confundidos al ver como
se traslucian sus pensamientos; y
fue necesario templasen su ardimiento los de la otra parcialidad
para no acabarlos de confundir. El
Medico, viendo se iba sosegando la
altercacion, y mejorandose su for-

tuna, quiso entrar á ver al accidentado, y llegó con este fin á la misma puerta del aposento adonde estaba; pero fue detenido al abrirla
de la heroica hija del Albeitar muger del enfermo, que le impidió la
entrada diciendole: que ahora vendria quando estaba ya bueno su marido, y tras esto algunos disparates
con los quáles le obligó á retirar de
allí, sin dexarle entrar de ningun
modo.

Tomó él la escalera enfadado,
y siguiéronle á breve rato el Cura,
y sus amigos despues de reprender
á la Escribana su necedad. Enca-
minaronse á su casa, adonde le hallaron melancolico, y con nueva resolucion de marcharse de un Pueblo adonde tanto le aborrecian: la
qual lograron ellos contener recor-
dandole la palabra de los dias pasados, la debilidad de los Tarugos

gos para ofenderle, y con otras reflexiones oportunas. Siguió despues
la conversacion sobre todo lo ocurrido; y dice la Historia: que aten-
dida la malicia de Carráles, su adhesion á los Tarugos en la oposicion del Medico, ó idéas de echarle, y el acaloramiento con que estos habian hablado tan sin razon!
Sospechó el Sacristán que acaso sería fingido por él el accidente, para
dar causa á dicho enfado, ver si
lograban aburrirle, y que se fuese
como apetecian. Propuso su juicio
en la Asamblea en la qual ventilandose un rato pareció muy pro-
bable, ó verosimil la presuncion; y
conoció Fernandez lo habia errado
él, en no haber usado de mas entereza con la Escribana, disponiendo
entrase el Medico á su pesar á visitar al marido, con lo qual tendrian mas luz de la certidumbre, ó
in-

incertidumbre de dicha sospecha. Queria por tanto volver entonces à hacer que la citada visita se executase; pero lo dexó al fin por considerar era ya fuera de tiempo, ó pasada la mejor ocasion.

Sólo vino à resolverse en quanto à este particular, el inquirir de los que presenciaron el accidente desde su principio todas las circunstancias que cada uno hubiese notado, asi en él como en la tan facil restauracion de Carráles; à ver si sabidas todas ellas se descubria alguna cierta luz de la picardía que se imaginaba, y en ese caso castigarla con todo el rigor del Derecho. Pero aun este paso salió infructuoso; pues lejos de presumir malicia en el tal accidente alguno de los que concurrieron à él, estaban todos muy ciertos de que lo habia sido verdadero, y muy grave: tan-

tánto que hubiera fallecido de él, el misero accidentado á no haber sido por la feliz ocurrencia del Barbero y por la piadosa robustez de los que le dieron el garrote. Referian pues el suceso á dicho Fernandez en terminos que nada quedaba que sospechar.

No obstante advierte un M. S. que el repelido Juez, el Sacristán, y aun el Cura, hicieron mas aprecio de los motivos en que se fundaba dicha presuncion, que de las seguridades de esos testigos en contrario. Y aunque es verdad que no llegaron á proceder en justicia en virtud de ella, como tambien que acertaban en la realidad; con todo advierte el mismo Escritor, que erraron ellos en apreciarla tanto. No hay duda (dice) en que era picaro Carráles; pero no era seguro obrase siempre con picardia: asi como si fuera ingenuo honrado y

de virtuoso proceder , podia eso
no obstante faltar á sus prendas
en algun acontecimiento , como se
ve hartas veces por el mundo. Llega pues (prosigue el M. S.) á quien
quiére ser Juéz perfectamente im-
parcial , el negocio del picaro, del
hombre de bien , del rico, del pobre,
del Señor , del Vasallo, ú otras dife-
riencias asi : no lleve su corazon á
creer desde luego , como regularmente lo hará, que se halla la justicia en donde la diversidad de esas
circunstancias la persuade ; pues se
apasionará por el lado adonde la
crea , tanto mas seguramente quanto mas recto quiera ser , y errará
en la substanciaaunque venga á acertar con el juicio por accidente.
Crea antes si , que no en toda ocasion van los cosas , como parecen
mas regulares ; y con este concepto olvide la diversidad de personas
y sus anteriores conductas , hasta
pe-

pesar las pruebas como si en nada ella pudiera influir. Despues: dé en buenhora en sus casos á esa misma diversidad la atencion que manda la justicia, y la administrará con verdadera indiferencia y rectitud.

Es decir: procediendo con esa madura precaucion, como el animo carece de afecto y de desafecto por una ni otra parte, puede con facilidad ponderar las razones de cada una, ver las que son en sí de mayor peso, é inclinarse en su juicio ácia aquella por quien militan, sea la sospechosa ó la recomendada por las calidades antecedentes; arreglando segun estas la resolucion en los casos en que el derecho lo manda hacer asi. Pero si las atiende antes, y dá lugar á que el animo las aprecie desde el principio: gobernado éste por la inclinacion á que dichas calidades le

lle-

llevan, es necesario se aficione á
aquel que las logra capaces de afi-
cionar, mirando con menos agrado al otro infeliz. Consiguiente-
mente entrará al juicio medio inclinado por el uno de los dos; y
entrando de este modo, lejos de
hallarse apto para pesar las razones con indiferencia segun el liqui-
do merito suyo, dificil será que no
le parezcan mejores las del que ganó al principio su inclinacion : especialmente si como sucede en muchisimos casos, las tales razones
no discrepan en el peso notablemente, y es menester mirarlas despacio para enterarse de las que exceden en realidad.

Despues de esta advertencia,
continuando los Historiadores la
conversacion del Cura y sus amigos, dicen : hicieron alto por último en el descoco de la Escribana quando prohibió al Medico el
que

que entrase á ver á su Marido , y
en los disparates que ella y su Padre habian hablado contra él. En
cuyo asunto el Cura procuró, templar el acaloramiento de todos,
disculpando el antecedente con el
justo dolor en que los expresados
se veían ; atendido el qual podia
perdonarseles el exceso , como á
gente falta de capacidad que no
sabia lo que se hablaba. Pero con
todo , no se apagó enteramente la
irritacion por ello de Fernandez , y
el Sacristán : antes bien, conservan-
dola humeando algunos dias despues de dicha junta ; , tocaron la
especie con varias personas , con
quienes se ofreció el hablar de ella,
é hicieronlo con claras demostraciones de estar sentidos todavià ; y
como esas personas no eran de las
mas aficionadas al repetido Albeitar , sintieron mas de lo justo su
desacato , , empezando á idear

venganzas y novedades peligrosas.

Digolo : porque no faltó alguno que se puso seriamente á pro-
yectár , se arrojase del Pueblo al
misero Morcillas , y se trajese en
su lugar otro Albeitar mejor : idea
que aunque en su origen fue de
uno solo ; á poco tiempo logró el
sequito de muchisimos ; y à no haber sido por los grandes sucesos
que ocuparon los ánimos por entonces , es verosimil se hubiera llevado à execucion. Por lo menos la
seguian y apadrinaban con todas
sus fuerzas , todos los vecinos interesados en la conservacion del
Medico , deseosos de desagraviar-
le y de tener à raya à los Tarugos. Asimismo todos los ofendidos
por estos en las heroicas providencias antecedentes , por darles que
sentir ; y en una palabra , a excepcion de los muy parientes y
alle-

allegados de dichos Tarugos, y de
los del Presbítero, y los del propio Morcillas, no habia quien no
oyese con gusto la mencionada idea
perjudicial.

Gaspar Fernandez y el Sacristán la seguian con tanto esfuerzo
como qualquiera otro, y muy sa-
tisfechos de que en ello obraban
bien; porque como quando se les
propuso se hallaban desafectos de
dicho Albeitar por la necia avilantez suya, les hizo grave fuerza todo lo que se decia para es-
tablecerla, de su ignorancia, desaciertos y odiosas adulaciones á los
Tarugos. Parecióles, pues, convenia á la Justicia y al mejor gobierno del Lugar arrojar de el un
hombre tan inutil, trayendo otro
menos ignorante ó desgraciado en
su oficio; y como estas tachas eran
en el nuestro notorias; lo que es
el beneficio del Pueblo en la Al-

bei-

beiteria venia á ser patente , con
solo elegir el succesor de mas habilidad. Cierto es que esas mismas
tachas se habian verificado en él
con igual notoriedad todo el año,
sin hacer los referidos tanto alto
en ellas hasta alli. Era pues claro
producia ahora la novedad en su
corazón , el enfado en que estaban
con el tal Morcillas , que les traía
à mirarlas con mas advertencia;
pero por falta de reflexionarlo , no
lo acabaron de conocer , y creían ser
animados en el particular del solo
zelo de la justicia.

Llegó la cosa á terminos , que
un vecino de los mas ardientes manejó con otro Albeitar de la in-
mediacion , el que quisiese traslá-
darse á Conchuela , y se esperaba
de un dia á otro su postura para
presentarla y admitirla en el Ayuntamiento. Mas los Tarugos que lo
supieron inmediatamente y no se
te-

tenian olvidados á si mismos, entraron en consulta con Carráles sobre ellos medios de conseguir sus
intenciones y desbaratar esta tan
iniqua. Trajose á colacion todo lo
ocurrido en la otra parcialidad desde el accidente, pues de todo tenian ellos noticias muy puntuales;
y reflexionadolo bien pareció: que
segun el Medico se habia puesto
de confuso y palido con la reñi-
dura : dandole quanto antes la decretada paliza, llegaria en el abur-
rirse con precision al extremo de
marchase al punto del Lugar. Que
esto sucedido conseguian ellos de
una vez todas sus actuales intenciones; pues desechado el Medico y
de ese modo l; qué otro Medico
tendria animo para venir al Lugar?
Y aun el Albeitar de la postura
tambien era necesario se intimida-
se, por no experimentar otro dia
la misma suerte; viniendo contra
vien-

viento y marea , ó contra tan clara y conocida voluntad de los propios Tarugos , y de sus fieles allegados.

Miraronlo con tanta aceleración, ira , y anticipada resolución de llevar á efecto la idea : que creyeron no podia menos de salirles en todo como lo pensaban , y que no admitia flaqueza ó falibilidad por parte alguna. En esta inteligencia ansiosos de executarla , como hubiese bastante dificultad en quanto al modo , fue preciso llamar al triste Morcillas , para notificarle concurriese al hecho , y le silenciase mientras viviera , bajo la pena de su indignacion. Venido éste , como el se hallaba temeroso y desconsolado por las novedades que sus émulos trataban de introducir ; no oyó la especie con la serenidad y satisfaccion que en el otro dia , antes bien rumiandola en

su

su interior, empezó á oponerla inconvenientes. Los principales : no
fuese el caso, que al ruido de la
paliza, salieran otros á defender al
Medico , como se podia temer segun andaban las cosas; y les diesen á ellos de modo que les dolie-
ra. Item que el Medico mismo viendose acometer, acaso se defende-
ría ; y si llevaba pistolas ó qual
que puñal, podria matar á alguno. Y por último que aunque nada de esto sucediese , era posible
se trasluciera despues que ellos habian sido los apaleantes; y en este
caso los perderian, por lo menos
á él con quien se atreverian mejor
como á perro mas flaco. Añadió
lo de su presente infelicidad para
moverles ; pues si por solo lo poco que habló contra el tal Medico
(y era Dios testigo lo habia hecho
solamente por agradar á sus mercedes): querian los otros echarle
del

del Pueblo, y lo tenian tan adelan-
tado : ¿que sería despues de dada
la paliza ; si supiesen , como lo
haría su desgracia , que habia tenido arte ó parte en ella ? Concluyó, pues, suplicando lo primero, se le exonerase de asistir á tan
repelosa ocupacion ; y lo segundo:
que si dichos sus mercedes no lo
llevaban á mal , suspendiesen ya
el tirar al codillo al citado hombre y en él á sus fuertes valedo-
res ó padrinos , haciendo antes bien
las paces con todos ; siquiera por
que se olvidasen estos de tirarle á
él , y con especialidad del perjudi-
cialisimo empeño de traer á otro Albeitar.

Esforzó su solicitud , llamando-
se hechura de los mismos Tarugos,
y diciendo eran ellos sus unicos
Padres á quienes debia todo su bien.
No obstante el qual artificio , y á
pesar de lo que les gustaban seme-
jan-

jantes expresiones de rendimiento
y sumision ; se enfadó el Abogado
y trató al pobre Morcillas de co-
barde y tonto , asegurandole ; que
el mejor modo de ocurrir á la intencion de los contrarios , era el
de determinarse con valor á la decretada palerma contra el Medico.
¿No ve vmd. buen hombre (decia
el Licenciado) que los golpes dados en éste han de resonar en el
otro ? Quiero decirle : ¿no ve, han
de producir en el Medico el gran-
efecto de marcharse ; y en ese otro
Albeitar, el de no atreverse á venir , viendo lo que pasa en Conchuela á los que entran en él contra nuestro gusto ? Y no ve en fin:
¿qué esto sucedido tendremos alcanzados nuestros intentos con suma
facilidad ? Creanos , pues , haga lo
que se le mande, y dejese de necedades y de cobardias.

Aturullóse el celebre Mingo al
ver

ver la resolucion, libertad, y enfado
con que le habló el Lic. Tarugo,
quedandose examine, aniquilado, y
metido dentro de sí. Pero acudiendose à alentarle Carráles, y el Tio
Tarugo, tan bien suspieron ponderar las mismas reflexiones del
Abogado, y explicarle de otras
mil maneras como à él mas, que á
nadie convenia la execucion del
ilustre proyecto: què al fin se redujo à concurrir á él, callarle, y
hacer todo lo demás que le mandáran. Señaladamente le ofreció el
tal Carráles que nunca se habian
de saber los interventores, y dió
las mayores seguridades acerca de
ello diciendole: lo fiase de sí; y
esto fue lo que á dicho Morcillas le vino á hacer la mayor
uerza.

Reducido pues à ayudar á la
paliza, y egecutoriado tan importante punto; se pasó à decidir la
ilus-

hora mas oportuna de darla , á arreglar el quánto y el cómo , y atár bien todos los demás cabos. A poco discurso quedó determinado; que ella fuese de noche , y tambien que para sacar al Medico à la calle se le fuese à llamar de priesa à aquella hora ; con el pretexto de que se estaba muriendo uno ú otro. Lo que es esto se resolvió al instante ; pero no dejaba de tener dificultad el elegir persona en quien hubiese de recaer con verosimilitud la repentina dolencia. El Lic. Tarugo era de opinion que volviese á Carráles su accidente ; lo qual le parecia facil retirandose él á su casa con prontitud despues del hecho , y fingiendole como la otra vez. Mas el expresado que por una parte queria conservar à su familia en la ignorancia de que el anterior hubiese sido fingido ; y sabía por otra quanto en casa del Cura

se

se había empezado sobre ello à ca-
vilar ; se negó absolutamente á la
repeticion como muy sospechosa y
que de veras no convenia. Fue forzoso por tanto pensar en otros arbitrios ; y despues de ideados y
repelidos diferentes , se aprobó al
fin uno tal qual sutíl, é ingenioso
del Tio Tarúgo. Era este : que supuesto son las mugeres las mas
achacosas y enfermizas de todos los
mortales : por lo menos que pade-
cen con frequencia dolencias raras,
ocasionadas de su sexo mismo ; entre ellas algunas prontas ó quando
menos se piensa , y muchas facili-
simas de aparentarse : en ese supuesto (digo) pareció al viejo, que
la del Albeitar pódia fingir ó ya
un horrible dolor de tripas , ú otra
novedad interior igualmente fácil
de suponer , y dificultosa de averiguar por afuera. Que hecho esto,
marchase el marido acelerado à lla-

mar

mar à aquel hombre, y viniendose
cón él, saliendo los otros al camino, se le zurrase entre todos la
badana : pero para que nunca se
sospechára el menor artificio ó em-
buste contra el tal dolor; continuase éste hasta el otro dia ; se lla-
mase al Barbero ; y si parecia necesario para hacerle del todo creible ; sufriese en buenhora dicha muger dos ó tres geringazos, ó qualquiera otra leve incomodidad que se
la recetase.

Aprobóse el arbitrio por Carráles á quien pareció sólido por todos lados ; especialmente que estando su suegra en reputacion de
tonta no se podia presumir en ella
astucia para la ficcion, sino por
algun entendimiento desatinado.
Celebróse por el Lic. Tarugo , y
se consintió tacitamente por el Albeitar, pues no le contradijo ; y asi
resuelto se pasó á consultar el otro

punto de la hora de la execucion.
Querían los Tarugos se eligiese la
de poco antes de amanecer, porque como en esta se hallarían se-
pultados en sueño todos los vecinos, no habría por las calles quien la
estorvara; ni por consiguiente quien
pudiese conocer á los apaleadores,
lo que era mucho de mirar. Pero
reflexionó Carráles que aunque es
cierto se precavian en dicha hora
esos dos inconvenientes , quedaba
otro de mayor consideracion. Este
era el que por lo mismo , se atri-
buiria la palerma del Medico á sus
émulos , contando por tales á los
que vivian descontentos de él: y como estos venian á ser casi ellos solos ; no perderian el Cura y los suyos la ocasion de revolverse y darles que sentir , acudiendo como era
temible á la Superioridad.

Opinó por tanto debía de ser
la hora la de entre once y doce,
ha-

haciendo ver lo primero : que en esta se hallaba ya durmiendo toda la gente por lo común , á excepcion de una ú otra noche solemne , en que se detenian algo mas rondando los Mozos. Lo segundo : que en tales terminos y elegida noche sin solemnidad ¿por dónde podia esperarse ni quien impidiera los palos, ni quien conociese á los que los iban á sacudir ? Lo tercero : que antes bien podria estenderse despues la voz , de que serían los atrevidos esos mismos mozos de ronda , que se los habrian dado por equivocacion , proponiendo el egemplar de lo ocurrido en otro tiempo al Lic. Tarugo en semejante linea. Y lo quarto , que siguiendo este hilo , aun se podrian formar Autos por el Tio Tarugo , previniendo en la causa al otro Alcalde ; y caminando como que se iba á sacar por él los malhechores, de-

jar

jar al fin la cosa confundida y sin
averiguacion.

Parecia pues mas sólido, sutíl y
delicado su pensamiento, y de hecho se aprobó como tal por el Albeitar y por los Tarugos. Aprobado él, elegida la noche, y arre-
glada la dosis de los palos al termino de que doliesen, pero sin que-
brar hueso ni matar; pues el fin á
que se iba era á espantarle para
que se aburriera, mas que á mal-
tratarle tanto que ni aun se pudiese aburrir: faltaba solo el apuro del
hecho, ó la terrible execucion. ¿Mas
Carráles que deseaba el acierto, de
buena fé, como empleaba en conseguirle todo su discurso y habilidad; advirtió poco despues de se-
pararse de la junta, que era menester atar otro cabo, ó arreglar
antes otra cosa. Volvió con su
ocurrencia á los Tarugos, los quales habiendole oido conocieron que
te-

tenia razon ; pues importaba de hecho entendiesen las gentes (era esa la ocurrencia) el que solian rondar los mozos tarde aun las mismas noches de los dias de trabajo : y como esto no sucedia en Conchuela en aquella ocasion , era preciso aparentarlo de algun modo para que no se dudase despues.

Como ello tanto importaba se determinaron Carráles y el Lic. Tarugo á salir de ronda ellos mismos dos ó tres noches para hacer creible la especie : y cogiendo un guitarrillo que el primero tenia lo hicieron asi. Tocábale el uno , y el otro iba á trechos relinchando , sin atreverse á cantar porque no los conociesen en la voz : y de este modo dieron una vuelta por el Pueblo. Egecutaron lo mismo á la noche siguiente ; y pareciendoles bastaría eso para que no se dudase de la notoriedad de dicha ronda ; se

Ee 3   re-

resolvió la operacion de la paliza á la inmediata noche tercera.

Suponese estaba dispuesta ya la muger del Albeitar á quejarse del dolor de tripas , pues siendo eso idea del Tio Tarugo , claro es que no lo habia de dificultar. Su marido estabalo por consiguiente á la llamada del Medico , y á prestar el demás auxilio que se le mandase: con que restaba solo el ver quiénes y adónde le habian de esperar, y menear bien las manos en la ocasion. Pensóse desde luego que el Tio Tarugo no acudiese á ella , lo uno : porque bastaban para el endeble Medico su hijo , y Carráles, especialmente debiendole acometer el Albeitar por las espaldas ; y lo otro : porque era mejor fuese en lugar de acudir , á divertir al Alcalde Fernandez en la misma hora con algun pretexto ; diciendole, como por casualidad , que el Abo-
ga-

gado estaba en cama doliente de
la cabeza ; que Carráles tambien
andaba achacoso , y otras especies
oportunas dirigidas á precaver toda sospecha contra los dos , ó á
curarlos en salud. En quanto al sitio de la espera , se dispuso lo
fuese aquella casa caída por donde
escapó Carráles quando se fingió
Fantasma ; porque el buen Medico
habia de pasar por alli precisamen-
te : y asi ordenado todo no faltaba
mas que disponer.

Llegada al fin dicha noche , que
como á los enamorados parecia al
Lic. Tarugo tardaba con exceso;
poco antes de la hora meditada
marchó el viejó á Casa de Fernandez, con quien trató de varios asuntos , soltando con oportunidad las
especies prevenidas : y el hijo y
Carráles disfrazados , con monteras y armados de sendos garrotes
se fueron á esconder al sitio pro-

yec-

-yectado: Avisaron de paso al Albeitar, el qual saliendo con ellos
los acompañó hasta la casa caída;
y adelantandose hasta la del Medico, empezó á dar recios golpes
á la puerta, y á decirle: se levan-
tase al punto y viniese con él á su
casa, porque se estaba muriendo
de un colico su muger. Dormia el
pobre Medico muy descuidado; pero oyendo las voces y priesa que
el Albeitar le daba, se arrojó del
lecho, y con tanta prontitud quiso disponerse á ir al cumplimiento
de su obligacion, que salió à la
calle medio desnudo. Viendo esto
el Albeitar, dice la Historia que
se le saltaron las lagrimas de lastima, y propuso dentro de si no
darle él ni ofenderle de ninguna
manera; antes si conservar quietas
las manos, y aun dar voces, meterse por en medio, y tirar como
de veras à defenderle; asi porque

que no le maltrataran mucho, como por alejar la culpabilidad de sí mismo en todo trance. Lo qual por esta razon última está conocido sería advertencia à solas de Carráles su yerno, segun lo afirma un exácto y escrupulosisimo Escritor.

Pero el Medico que al ver las lagrimas de dicho Albeitar, creyó lloraba por su muger; diciendole algunas palabras consolatorias empezó á caminar para verla, aun mas acelerado. Llegaron por fin los dos á la casa caida, y viendolos en la correspondiente proporcion los escondidos compañeros Carráles y el Lic. Tarugo, se arrojaron al tal Medico con furia, denodado el animo y enarbolados sus garrotes. Pensaban ellos llevarsele de calles al primer embite, pensólo tambien el Albeitar; y asi hubiera sido en realidad: pero la suerte siem-

pre

pre adversa à los Tarugos y á todos sus proyectos dispuso fatalmente , que al mismo embestir los dos
salieron de la propia casa cáida
otros cinco hombres embozados;
los quales tanta priesa se debieron
dar , ó tanta saña debian de tener;
que antes que nuestros amigos des-
cargasen sus garrotes en el Medico,
los santiguaron con los suyos demasiado recio en las espaldas. Como fue recio , no solo no pudieron los otros acabar de sacudir,
sino que fueron obligados á volver
el rostro , y tratar solamente de
su defensa. Hicieronlo asi , mas al
ver eran cinco los que los ofendian
y lo bien que meneaban las manos,
hubieran dado qualquiera cosa con
gusto por hallarse en sus camas
durmiendo. No obstante como el
huir parecia muy peligroso por es-
cor los otros tan encima , y tener
tagido el mas derecho camino de

sus casas : fue necesario monstrar valor, y defenderse con corage, siquiera hasta ver si se proporcionaba algun arbitrio de escapar sin que los conociesen. Arremetieron pues á los cinco con esta mira, y se empezó una furiosa batalla de Pasiegos, harto desigual y terrible.

El Medico aturdido y sobresaltado asi con el principio como con el progreso de la novedad, ni sabia lo que ella podria ser, ni lo que debería él hacer para pacificarla; y al Albeitar aun mucho mas espantado le sucedia lo mismo : de modo que subsistieron alli un poco, confusos y sin accion para moverse. Empezó en esto á perder terreno en la batalla la gente de pluma, hallandose en ella molido à golpes Carráles, y decentemente descalabrado el Lic. Tarugo. Retirabanse pues con la prisa posible

aco-

acosados de sus enemigos, y llegando asi unos y otros adonde el Medico y Albeitar estaban ; alcanzó al segundo un tal garrotazo sobre la cabeza, que abriendosela toda de parte, á parte vino el pobre al suelo fuera de si, mucho mas perdido y estropeado que lo quedó en otros tiempos ó en el funesto lance de la calavera ó en el del bozal.

A esta caida que sirvió de aviso al Medico para echar à huir à todo correr , se siguió muy pronto la del infeliz Carráles. Habia él recibido diferentes palos en la refriega , desde el primero de los quales hizo intencion à huir de veras ; pero la incesante furia y persecucion de sus contrarios lo uno ; y lo otro la fatal roncha que sacó en el muslo desde el accidente de la qual cogeaba aun , no le dejaron hacerlo con la competente celeridad. Por eso le fue necesario hacer costilla y

aguan-

aguantar tantos otros, que quando cayó el suegro, ya no veía, ni podia tenerse en sus pies de puro macha- cado; y como entonces le acerta- sen con otro de marca mayor, que le aplastó el hombro derecho; em- pezó á dar traspies á andarle el mundo al reedor, y vino á caer por fin algunos pasos mas allá. El Lic. Tarugo que tambien estaba bien des- calabrado y molido, viendose de- samparado con su falta, volvió la espalda y echó á correr quanto po- dia; pero siguiendole furiosos los de la otra turba, fue alcanzado de ellos, y traido infelizmente por tierra, machacado del todo y sin sentido.

Ni valió á este su literatura, ni á Carráles su habilidad, ni al Al- beitar por ultimo la pobreza de su corazon, para que los respetasen los apaleadores. Viendo ellos lo mal que los habian parado, temiendose que

que alguno estubiese difunto, ó acaso todos tres, se huyeron cada uno por su parte encargandose mutuamente el silencio. Es regular se fuesen á sus casas, adonde los dejaremos hasta que volvamos á averiguar que gente eran. Ellos idos y medio muertos los otros, llegó adonde los Alcaldes estaban la noticia en confuso ó general de la horrible batalla, ó bien por recado de el Medico que escapó; ó por algun otro conducto. Llegada, creyó al pronto el Tio Tarugo, que la cosa habria sucedido à pedir de boca, y que aquel odiado hombre estaria suficientemente molido. Con esta inteligencia empezò como á interponer dilaciones en el salir; pero acortandoselas Fernandez, y dándole un buelco el corazon, presagio de la infelicidad, alusivo á que acaso se habria convertido el proyecto contra sus Autores; muy sobresaltado y teme-

meroso se puso en la calle el primero. Poco menos lo iban dicho
Fernandez, y el Alguacil, y lo quedaron mucho mas todos quando llegados, adonde cayeron el Escribano y el Albeitar, los vieron ten-
didos ensangrentados y muertos al
parecer. Ya aqui empezó á temblar
el Tio Tarugo, y á ponerse de modo que ni podia hablar, ni admirarse ó condolerse con regularidad
del suceso; y como à corta distancia fuese encontrado su pobre hijo
en la misma disposicion no pudo el
buen viejo resistir mas á la pena, y
cayó de espaldas cerca de él.

Acordóse entonces nuestro Fernandez de lo que él le habia dicho
sobre hallarse el tal hijo en la cama;
é infirió para si tenia algun gran mis-
terio la anticipada cautelosa disculpa de esa proposicion, cómo lá de
las otras que la acompañaron: ¿ pero
cómo habia de comprehender, el que
te-

tenian en realidad? Despues de este
breve discurso; encaminando sus
providencias á socorrer si era posible á los quatro infelices, despertó
á todas las gentes de las casas vecinas, una de las quales era la del Sacristán; y proveido asi de Ministros
y asistentes, hizo llamar al Medico,
y al Barbero. Fue tambien necesario
avisar al Cura, por lo que podia suceder; y venidos todos estos, se fue
saliendo por partes del apuro. Carráles, y el Albeitar fueron llevados
á medicinar á sus respectivas casas; y los Tarugos no debiendo
ser llevados á la suya, porque estaba en dias de parir la muger del
Abogado, y podria el susto traerla á
abortar; fueron conducidos á la del
Presbítero como parecia razon, aunque el Cura hizo instancia porque los
llevasen á la suya propia; efectos de
la generosidad de su animo. Gastóse
la noche en sangrar, y socorrer con
otros

otros diferentes remedios á unos, y
á otros; por beneficios de los quales
volvieron en sí brevemente el Tio Tarugo, y el Albeitar: mas Carráles, y
el Lic. Tarugo no volvieron de ningun modo hasta bien entrado el otro
dia. Lo peor fue que no por eso se me-
joraron mucho, antes les asaltó una
recia calentura, que les puso á pocos
dias en verdadero peligro de morir.
Por lo menos el Tio Tarugo, el Presbítero, y Mariquita lloraron muchas
veces por difunto al Abogado; y lo
mismo hicieron con Carráles su suegro, y su muger. Quiso Dios que como ellos eran robustos, la causa de
la dolencia conocida, y el Medico
avilísimo, y afortunado; se restable-
ciesen al fin para gloria de Conchuela, felíz continuacion de sus heroici-
dades, consuelo de tanto corazon
aflijido, y favorable suerte de nuestra Historia.

Lo cierto es que así en la curacion

de estos dos, como en la de los otros
que fue mas breve, resplandeció tanto la habilidad del insinuado Medico, que no quedó en ello que dudar; ni
aun los mismos enfermos, y sus parciales se atrevieron à negarla despues. Conduxo, pues, sumamente el
lance à su fortuna, y estimacion. No
se sabe con todo que dichas gentes
llegasen alguna vez à amárle de veras, antes es tradicion que acordan-
dose de sus cosas, ó para credito de
la advertencia de Tacito, no pudieron dexar de aborrecer à quien tan
gravemente habian ofendido. En efecto van contextes los Historiadores en
que le miraron siempre como por encima, y deseaban se fuese contra el
testimonio de su utilidad que les daba
por otra parte su corazon. No obstante jamas se atrebieron à volver à
formar proyectos en la linea, escar-
mentados sin duda de las pesimas
resultas de los anteriores.

se

También es verdad que en el aumento de la dolencia deliraban Caráles, y el Lic. Tarugo; y como el delirio pudiera ser sobre otras cosas, fue por desgracia sobre lo ocurrido. Referian, pues, con mucha uniformidad, y repeticion lo mas oculto, y reservado de sus intentos, contra dicho Medico aborrecido; sus juntas en el caso, los consejos de todos, los sentimientos de cada uno, hasta la disposicion del accidente de Caráles, la de la paliza, y su infeliz execucion al rebés; con todo lo demás hablado, y prevenido en la materia. Asi lo decian los pobres, y se lo oyeron muchas veces el Cura, Fernandez, el Sacristán, el mismo Medico, y otros amigos que los visitaban con frequencia: los quales viendo la uniformidad, y constancia de ambos en lo decir, sospecharon que podia ser cierto, y aunque el Presbítero, y el Tio Taru-

go

go, procuraron persuadirles que erá
delirio, y no debian, de él hacer caso, no hubo forma de que despre-
ciasen del todo la presuncion. Por
consejo del Sacristán, se avocaron
un dia con el Albeitar á solas, y
con solo esto lograron saberlo todo
con individualidad, y exactitud;
pues este pobre que por una parte
andaba sentido de su fortuna, y por
otra deseosimo de hacer algun obsequio á los expresados, por si
lograba ganarles la voluntad; á
poco que le apuraron lo confesó
todo plenamente, disculpando su
intervencion como que fue pres-
tada á mas no poder, ó por
faltarle el animo, y las fuerzas
para resistir á la altaneria de los
Señores Tarugos. Disculpó además
con los mismos principios la parte
de su muger en el papel que se la
repartió; y aun echó algunas lí-
neas

-neas T. el Tio Taru-
das el Presbítero, y el Tio Taru-

neas, y habilidad en defensa de la
de su yerno. Mas con todas esas
disculpas el Cura, y los otros re-
prendieron asperamente al tal Albeitar sus atentados, y el excéso de
tontuna, y pusilanimidad con que
temia tanto á los Tarugos, y nada
á Dios. Advirtieronle quanto al rebés habian de andar sus respetos,
con poco diferentes palabras de como se lo tenia advertido el Alcalde del año anterior: y al fin viendole llorar desconsoladamente, pedir perdon, arrojarse á su pies, en-
comendarse á su misericordia, decir era un pobre hombre que no al-
canzaba mas, y otras muchas demostraciones de abatimiento, é infelicidad que le obligó á hacer su
miseria, se compadeciron de él, y
le dexaron.

Quando ya estaban buenos el Lic.
Tarugo, y Carráles, se les dió con
dicha noticia, otra sevéra reprehen-

sion

sion por la iniquidad de sus proyectos, los quales querian ellos negar
al pronto; pero reconvenidos con
la confesion del Albeitar, y ataca-
dos por otras muchas partes, conociendo los habia éste vendido no
se atrevieron á mantener firmes en
la negativa. Llenos, pues, de confusion, y de verguenza, quisieran
en aquel punto haber muerto de los
palos; y oyeron con muestras de
arrepentimiento, y humildad todo
lo que los otros gustaron de decirles. Esta confusion, algunas sumisiones que la acompañaron aunque
inferiores á las de Morcillas, y sobre todo el haberse convertido los
referidos proyectos tan gravemente sobre sus cabezas; ablanda-
ron el animo de Fernandez, y fueron causa de que no se les castiga-
se como merecian, segun era su
primera intencion.

Por lo mismo, y reflexionando
el

el buen efecto producido por los
apaleadores, como tambien que tú-
bieron tal qual razon para apalear:
no se continuó el principiado proceso sobre la averiguacion de quienes estos eran : agregandose à ello
el que parecia desde luego empresa ardua, y costosa, por no resul-
tar suficientes indicios de los reos,
ó luz que bastase á desvanecer la
densa obscuridad por donde se ca-
minaba. De modo que por esas, y
esotras quedaron de buena fe sin
un competente judicial castigo, dos
delitos ciertamente graves. El de
la parcialidad de los Tarugos, porque el afecto de lastima con que el
Juez los miró por lo cara que les
habia costado la fiesta, y su misma infelicidad, y cofusion, le hizo creer era eso castigo suficiente
para los expresados. Y el de sus
apaleadores ; porque la aficion natural que se les tomó como à defen-

so-

sores del Medico; el hallarse este
ileso, y conservado por su osadia;
el sabe Dios quienes podrian ser;
los dispendios inecesarios para descubrirlos, y acaso sin fruto; y sobre todo el considerar que á no haber visto la mala intencion de los
otros señores, ellos no los hubieran ofendido: estas reflexiones todas formaron en el corazon de dicho Juez un complexo de afectos
varios que llegaron al fin á persua-
dirle: dictában la prudencia, la
equidad, y el recto juicio el con-
tentarse con lo obrado, y no dar
mas paso en el asunto.

Supuesto, pues, que no se descubrieron, parecerá dificil meter-
nos en inquirir que casta de vichos
eran; pero no tiene ello ninguna
dificultad. Hay si alguna variedad
entre los Historiadores, por empe-
ñarse algunos en que eran mozos de
ronda; los quales sospechosos de
quie-

quienes serian los que pasearon el
el Lugar con musica en las dos noches antecedentes, se escondieron
en la cueba de aquella casa caida,
para atisbar si volvian á salir, co-
nocerlos, y aun sacudirlos en este
caso. Asi escondidos (dicen) oyeron lo que hablaban el Lic. Tarugo,
y Carráles; y comprehendiendo su
intencion; y la del Albeitar; ellos
que eran aficionadisimos al Medico, salieron á impedirla con furia;
é hicieronlo á garrotazos por no
ocurrirseles otro medio mejor. Pero la opinion mas comun corrien-
te, y cierta es la de que ellos eran
gente casada, y de la perseguida por
el Tio Tarugo en aquellas providencias heroicas que van referidas.
Eran tambien aficionadillos á jugar;
y como el Alcalde Fernandez no dejaba vivir á los jugadores, habianse metido en lo mas hondo de dicha cueba á divertirse con una luz
que

que llevaron consigo, y cuidaban
de que no se viese, desde afuera.
Estaba el uno, alerta siempre á la
puerta de la cueba misma, por si venia Fernandez; y como éste vió á los
otros pobres que se iban á esconder, alli: avisando á los compañeros, se apagó la luz, y se pusieron todos á escuchar. Acercaronse
con silencio á los que entraban; y
oyendo lo que ellos se decian el uno
al otro muy descuidados de que los
oian: comprehendiendo sus intentos
perjudiciales, salieron iracundos á
desbaratarlos como se ha visto: pero obrando en el lance con mas saña, y despues con mas cautela que
si fueran mozuelos barbiponientes
de primera intencion.

El infeliz Albeitar, despues de la
reprehension que recibió del Cura,
y sus amigos, aguantó otras mas
fuerte de parte del Tio Tarugo, y
del Abogado, por la facilidad con
que

que habia descubierto sus confianzas. Dixeronle que era un bruto desagradecido, é inutil; que no tenia que valerse de ellos para nada; que habian de echarle del Lugar., y que pagase muy pronto unos maravedises que les debia. Quedóse el como se puede considerar en tal desgracia. Pasmado, yerto, y todo tremulo escuchó con humildad esos óprobios; y tirando á disculparse con aquellos señores para subsistir en su benevolencia, les dixo: que quando los otros le hablaron del lance le sabian ya tambien como él; y que à no haberle constado asi, jamás se lo hubiera dicho aunque le hiciéran pedazos. Añadió su constancia en servirles á ellos el notorio zelo de su bien que nunca se le apartaba del corazon; y dióles otras muchisimas seguridades de su ligacion, y dependiencia. Valióse por ultimo de algunas sumisiones

nes como en la otra riña; las quales no aprovechandole aqui por el
excesivo enfado de Padre, e hijo,
hubo de apartarse de su vista moribundo.

Fue necesario tomase el empeño
su muger, la qual aunque tambien
tonta era algo mas diestra que el
marido; y dirigiendo con mayor
arte las sumisiones, las lagrimas, y
suplicas, empeñando al Presbítero,
tratando de hermosa á la Abogada,
y trayendo á Carráles de auxiliador,
y tocando otras muchas teclas: Vino á lograr al fin de los Tarugos
el perdon del misero Morcillas, con
tal que fuese éste en adelante mas
agradecido, y menos bachillér.

Por el mismo rumbo, esto es,
buscando empeños, adulando, y llo-
rando angustiada en todas las casas de los mas acalorados émulos
súyos, alcanzó dicha muger la otra
fortuna de templar los animos en
el

el empeño de traer á otro Albeitar.
Pues en efecto mobidos á compasion á la vista de tanta infelicidad
lo fueron : poco á poco olvidando;
persuadiendose lo uno : á que acaso
seria igualmente inutil. que el que
echaban ; el errador que hubiese de
venir ; y lo otro, que pues de traerle quedaba este pobre perdido; menos mal era, suplirle qualquiera falta que el ocasionarle su perdicion.
Pareciò, pues, dictaba la equidad
el mantenerle en el Pueblo, como
antes habia parecido dictaba el arrojarle de él. Felicismo concepto
para Morcillas; debido á los artificios de su consorte; y no menos feliz para nuestra Historia.

He aqui en lo que pararon los
habiles proyectos de Carráles; el
poder de los Tarugos, el apo-
camiento del Albeitar, y tantas
juntas, y disposiciones de todos
esos amigos sobre hacer su gusto,

y

y abatir enteramente á sus contrá-
rios. Paráron digo en ser los abatidos ellos, en parecer gravisimas
molestias, en descubrirse todo el
fondo de maldad de sus intenciones,
y en quedar por ellas tan confusos,
y avergonzados que no se atrevian
á hablar en publico, lejos de hacer
frente á dichos sus contrarios en la
menor cosa. Aun el Presbítero por
la concomitancia, y porque se creia
habria prestado consejo, ó ayuda
para las idéas; andaba con rubor
por las calles, temia con todo su
corazon el tropezárse con el Cura,
hablaba con respeto aun al Sacristán; y vivia en fin espantado, lleno de sobresaltos, é inquietudes.
Tal era la suerte de esa parcialidad despues de los acaecimientos
referidos. Viendolo asi Carráles, y
juzgando no era posible volviesen á resucitar los Tarugos en quanto al manejo, ó apetecible ventaja
de

xxxxxxxxxxxxxxxxxxxxxxxxxxxxxxxxxxxxxxxxxxxxxxxxxxxxxx xxxxxxxxxxxxxxxxxxxxxxxxxxxxxxxxxxxxxxxxxxxxxxxxxxxxxxxxxxxxxxxxxxxxxxxxxxxxxxxxxxxxxxxxxxxxxxxxxxxxxxxxxxxxxxxxxxxxxxxxxxxxxxxxxxxxxxxxxxxxxxxxxxxx

de la superioridad, determinó dexarlos, y unirse con las otras gentes en quienes la veía radicada. Pero quando él asi lo resolvia, y quando mas infelices parecian los expresados, revivieron de pronto por una impensada, y admirable revolucion de nuestro Conchuela. Esta fue que en coyuntura tan critica pasò ese ilustre Pueblo á ser Lugar de Señorío; y como se mudó su constitucion, se varió notablemente el orden regular de las cosas. Lograron los Tarugos la confianza del nuevo Señor, y consiguiendo con ella mas superioridad, ó mando del que habian alcanzado hasta alli; se vieron brevemente en aptitud de hacerse temer de algunos, intentar el absoluto dominio, y recibir obsequios, y adulaciones.

Cómo pasò esto, cómo se logró el felíz patrocinio, y los admirables sucesos consiguientes á la novedad; for-

formaràn la segunda epoca, ó última parte de la presente Historia.
Veremos proyectar con grandeza al
Lic. Tarugo: veremosle en el intento heroico de hacerse Hidalgo;
tendremosle Alcalde mayor ; y veremos lucir de otros muchos modos
su capacidad. Veranse tambien la
constancia, la rectitud, y la sinceridad
de las obras en los que no pudieren
apartar de sus animos á la justicia.
Veráse esta alterada á veces por los
secretos estimulos del corazon. Y
veráse al fin la verdadera felicidad
siempre al lado de la virtud; siempre triunfante, y victorioso el recto proceder.

Nullum numen abest, si sit pru-
dentia : sed te
Nos facimus, fortuna Deam, Cæ-
lo que locamus.

FIN.

Lightning Source UK Ltd.
Milton Keynes UK
UKHW021959140119
335570UK00011B/570/P